MW00876407

Los Abejones de Mayo

Una historia rural que trasciende el tiempo.

HUMBERTO PATIÑO

EDITORIAL CAVALLINO

Los Abejones De Mayo

Humberto Patiño

LOS ABEJONES DE MAYO

PRIMERA EDICIÓN 2023

EDITORIAL CAVALLINO MÉXICO

PRINTED IN UNITED STATES OF AMERICA

ISBN 9798850297527

FIRST IMPRESSION 2023

PRÓLOGO

En el centro de México hay un Estado pequeñito, pero con mucha tradición.

El estado de Querétaro posee casi todos los climas y ecosistemas con los que cuenta México.

En este bello Estado existen un sin fin de pueblitos con tradiciones muy arraigadas y formas de vida tan tranquilas que se antoja vivir ahí.

El autor ha recorrido todo el Estado y ha tenido la fortuna de haber vivido en casi todos sus municipios, sobre todo en varias comunidades, por lo que conoce de primera mano sus historias y tradiciones, sus comidas y el trato de su gente.

Ésta es una narrativa rural que trasciende el tiempo, en la que el lector podrá imaginar, gracias a la forma con la que se manejan las situaciones llenas de humor en las que se ve inmersa esta singular familia.

El lugar existe, aunque se le cambió el nombre, y la familia es el resultado de la creatividad y de la imaginación del autor. Estamos seguros el lector disfrutará y leerá en más de una ocasión esta bonita historia, ya que los personajes se ganarán su corazón.

Desde la Ventana

María no podía dormir, desde su camastro hecho con cuatro huacales de jitomate y dos cartones de cajas de jabón que les regaló Don Felipe, el señor de la tienda grande del pueblo, cubiertas por unas colchonetas de las que les dio El Municipio apenas en diciembre pasado, miraba con sus enormes ojos curiosos, esos pequeños insectos de color ámbar estrellarse en el vidrio de la ventana iluminada por el foco que su padre acababa de poner esa misma tarde para alumbrar su patio. Antes no tenían luz, se iluminaban con velas, quizá por esa razón los Abejones de Mayo nunca se acercaron a su casa.

-"...Pá, oye Pá, ¿Qué son esos gusanos Pá?..." preguntó con esa vocecilla tipluda, típica de sus 10 años.

-"...Ya duérmete niña!!! Es bien noche y luego no te queres levantar..." contestó su padre molesto mientras trataba de poner atención a la ladrería de perros que se escuchaba en la lejanía.

-"...Ha de ser el coyote, Viejo..."

Dijo Isabel con cierta preocupación, su ingenuidad era real y hasta inocente en sus ideas.

-"... Dicen que ya se ha llevado gallinas de Doña Tere y de Doña Julia..." exclamó Isabel al tiempo que se acomodaba la almohada sin abrir los ojos. "...Ya duérmanse..."

-"...Los coyotes andan solos, y no se llevan más que de a un borreguito, nunca de los grandes, además, si juera el coyote se habría ollido el borlote en el corral... no, pa´mi que esto es gavilla..." dijo José totalmente convencido de lo que pensaba.

-"...Oye Jushe, ¿Y no será la bruja? Ya ves que a la Cata dicen que le chupó a uno de sus cuatitos, no´más amaneció todo moradito el pobrecito. ¿Las brujas no se comen a los borregos?

Ay viejo, ¿Y si sí? ¿Qué vamos a hacer? ...'' Se giró en su cama para abrazar a su niño que dormía entre José y ella mientras buscaba preocupada entre las sombras la mirada de su ''Viejo''.

José no dijo nada, la miró, suspiró y cerró los ojos, no sin antes asegurarse que su machete estaba al alcance de su mano, justo a un costado de su viejo camastro.

Afuera, a pesar de ser el mes de junio, el aire soplaba frío, mecía los mezquites, los huizaches y el enorme eucalipto, que nadie sabe cómo fue que nació ahí, pero ahí estaba, y era el más frondoso de todos, aunque hacía un ruido un tanto tenebroso con sus ramas. A María le daba miedo ese árbol.

La casa no era muy grande, más bien era un terrenito con una pequeña choza al centro, con su cocinita al lado y dos corralitos hechos recientemente con cerca de piedras detrás de la chocita. Ahí José tenía doce borregos, aunque originalmente habían sido quince. Al fondo estaba la parcela de Don Luis Lechuzo, que acababa de sembrar maíz, pero que, además, hacía las veces de baño... a la intemperie, mientras el maíz crecía. Apartada del resto del pueblo, no tenía vecinos cercanos. José no tenía muchos recursos, pero su entusiasmo por su familia lo habían hecho emprender cada día con esperanza.

José tenía las manos fuertes porque era un hombre de trabajo, treinta y cinco años traía cargando en su espalda ancha y fuerte. Isabel apenas llegaba a los veinticinco años y estaba bien hecha a la antigua, acostumbrada a servir a su marido, a atender su casa y sus hijos como Dios manda.

Esa noche, los pequeños escarabajos de color café seguían estrellándose contra los vidrios empañados de la ventana y cayendo en el marco de adobe, para luego remontar el vuelo en su incomprendida obsesión de buscar la luz eternamente.

Los ladridos lejanos poco a poco se fueron apagando, el pueblo quedó quieto… en paz.

José vivía justo en la entrada principal del pueblo, en una pequeña desviación hacia las parcelas, bajo condiciones normales nadie le visitaba ni tenía por qué pasar siquiera cerca de su casa de día, mucho menos de noche. Eso hacía que José fuera muy desconfiado cuando sentía la cercanía de la gente por su propiedad, sobre todo después de que ya le habían robado tres animales que con tanta ilusión había comprado. Por eso estaba juntando para comprarse una escopeta, aunque fuera "chispera" si es que no le alcanzaba para una retrocarga de buen calibre, para defender su choza, sus animales y si fuese necesario a su familia.

El ''Zopilote'' tenía ya un buen rato que se tironeaba ladrando desesperado. No habían pasado ni dos horas de que en la pequeña choza se habían quedado todos dormidos. Era bastante obvio que había visto algo, ese perro cenizo, chaparro y desnutrido que apenas unos días antes le había regalado su primo Carmelo, cuando le platicó que le habían robado unos borregos.

El perro se jaloneó hacia la parcela tratando de romper el viejo mecate de ixtle que lo sujetaba del pescuezo al tronco del huizache. José lo escuchó ladrar con más intensidad y de un salto ya estaba en la puerta blandiendo su oxidado machete, salió tan presuroso que ni tiempo tuvo de echarse encima el gabán para el frío. Abrió como pudo su maltrecha puertita hecha de tablas mal armadas, y con sólo un huarache trastabillaba en la escasa luz que alumbraba su patio.

-"…¡Pero te he de agarrar desgraciado! ¡Por hoy te pelates pero no voy a dejar que te lleves ni un borrego más! ..." Gritaba mientras amenazaba blandiendo su viejo machete, o guaparra, como le decía él.

Recorrió su patio, su corral, su cerca de piedras encimadas… nada. Quien haya alterado al "Zopilote" ya iba muy lejos y sin intención de voltear para atrás y mucho menos regresar… al menos por esa noche.

-"…Bien Zopilote, así se hace, no vaigas a dejar que se lleve más borregos..." Dijo al tiempo que le acariciaba la frente del feo pero noble animal.

José regresó a su choza de adobe, esa que él mismo levantó con sus propias manos cuando "quiso tener mujer", como se le dice en ese pueblito del municipio de Huimilpan, Querétaro.

Ya no hay casi casas de adobe, la gente no las quiere. Desde que los hombres se van al norte el pueblo se llenó de casas "gabachas", ahora les da vergüenza si su casa no está hecha de "material". Los jóvenes se van emigrando… arriesgando la vida mandan dinero y si les va bien, hasta planos para que les construyan aquí su casa como las que ellos ven en Estados Unidos… por esa razón ya casi no hay casa de adobe… pero José no tenía opción, cuando soltero intentó cruzar el Río Bravo con tan mala fortuna que casi se ahoga, de no ser porque lo alcanzó a ver la "Migra" y pudieron salvarlo. Lo amenazaron que si regresaba no lo salvarían o si lograba cruzar y lo agarraban lo meterían preso por diez años.

Él no quería estar preso por diez años, que tal si en ese lapso su Madre, Ernestina, fallecía y él tan lejos preso sin poder estar con ella… no tenía hermanos que se hicieran cargo de ella porque era hijo único… Y quedó tan afectado por ese suceso que prometió a la Virgen del Pueblo y a su Madre que jamás volvería a intentarlo siquiera. Sólo se conformó con ver a toda su generación emigrar con un morral lleno de esperanza y un garrafón relleno de fe… muchos lo lograron, muchos no, algunos quedaron en el camino, de varios incluso ni su cuerpo encontraron… Así es el destino del migrante, una ruleta donde nunca sabes cómo te va a ir.

José solo estaba seguro de una cosa: jamás permitiría que sus hijos emigraran a los Estados Unidos, para eso él trabajaba muy duro, para que sus hijos nunca piensen siquiera en esa posibilidad. Por esa razón su empeño de iniciarse como pequeño ganadero.

Esa noche José no volvería a pegar párpado. Miraba hacia el techo de tejas de barro como tratando de vislumbrar una solución al robo de sus borregas mientras el tiempo avanzaba y el frío arreciaba. Los abejones de mayo seguían golpeando el vidrio de la pequeña ventana, a estas alturas con humedad condensada por el frío.

Los abejones de mayo son unos insectos muy peculiares; son un tipo de escarabajos pequeños de color café claro o ámbar, de hábitos particularmente nocturnos cuyo ciclo de vida los arroja a invadir en grandes cantidades los pueblos en los campos y pequeñas ciudades de Querétaro y el Bajío en la temporada de lluvias.

Ellos buscan obsesivamente la luz de las casas y se estrellan una y otra vez contra lámparas y focos de las mismas. Si éstos llegan a caer con las patitas para arriba difícilmente podrán remontar el vuelo nuevamente y podrían morir de inanición… pero entre las gallinas y pájaros no les permiten llegar a eso, ya que representan un manjar para los mismos.

Eso, aunado a una vida muy efímera, es lo que vuelve tan difícil que uno pudiera ver estos bichitos a la luz del día, para cuando amanece las aves madrugadoras ya se dieron un banquete con ellos. Esa es la razón por la que incluso viviendo en el campo muchos niños no los conocían, hasta ahora que como consecuencia del avance tecnológico la iluminación artificial con electricidad los ha puesto de manifiesto en las comunidades donde antes era casi imposible verlos.

José al no poder dormir más comenzó a recordar cómo se hizo de sus borreguitos, que con tanta ilusión anheló durante años completos…

Don Bernabé

Hacía ya casi veinte años que Don Bernabé del Rosillo había llegado a San José de los Nopales. Venía huyendo del ajetreo natural que la ciudad capital de la nación tiene a todas horas, pero sobre todo buscaba un lugar donde pudiese pasar sus últimos años de vida, así que, jubilado el señor, contador de profesión, compró esa pequeña propiedad en las afueras del pueblo de San José de los Nopales, suficiente para comenzar una granja en la tranquilidad del campo. Don Bernabé guardaba además un secreto que atormentaba su corazón y que lo motivó a emprender tal aventura de exilio rural.

A él lo acompañaba su esposa Ovidia del Cobo, o Doña Wera, como le conocerían las vecinas posteriormente, era una mujer alta, espigada, elegante, de cabello rubio mezclado ya con canas, quien no estaba muy de acuerdo en terminar sus días en un alejado pueblito de un Estado donde ni su familia ni sus hijos vendrían a visitarlos periódicamente. Pero aun así siguió a su marido, quien traía una ilusión y una esperanza que nada ni nadie le harían cambiar.

Ellos habían criado a dos hijos, uno era médico y radicaba en Cuernavaca y el mayor era contador como Don Bernabé, y aunque vivía en la Ciudad de México no los frecuentaba. Eso motivó a Don Bernabé a no titubear cuando pudo salir de la ciudad sin voltear atrás, sintiendo que a nadie le importaría que los viejos desaparecieran definitivamente.

Cuando llegaron solo había una pequeña bodega en el terreno que compró, poco a poco fueron levantando la construcción de acuerdo a como les iban llegando las ideas de una granja bien establecida y una vez que el lugar estuvo en condiciones, por ahí del mes de diciembre de ese año, Don Bernabé y Doña Ovidia tomaron su camionetita Datsun de redilas y se fueron a la Feria Ganadera del Estado de

Querétaro, donde tuvo el buen tino de adquirir un pie de cría de unos borregos muy finos, que aunque caros, valió la pena la inversión, ya que esa raza apenas comenzaba a verse por estos lados.

Esa noche Don Bernabé le venía cantando a su esposa de lo feliz que venía... ella lo miraba y lo tomaba de la mano a la vez que le decía:

-"... Berna, para mí no son más que unos animales sucios y apestosos, pero si tú tienes fe en ellos y eso te hace feliz, pues yo te apoyo..."

-"... Gracias Ovidia, eres muy buena..."

Le acarició la mejilla continuaba cantando mientras manejaba en dirección a su casa.

Don Bernabé y su esposa se dedicaron en cuerpo y alma a su pequeña granja. Posteriormente compraron gallinas y guajolotas, con sus respectivos machos para que rindieran. Mandó construir un área destinada especialmente para que las aves estuvieran protegidas de tlacuaches y cacomixtles y así recolectaban huevos todos los días, huevos muy apreciados por Don Bernabé en el desayuno, donde generalmente se zampaba cuatro acompañados de sus frijolitos fritos en manteca de cerdo, con ajos y cebollas. Tampoco podía faltar la salsa de Molcajete que primero les hacía Chencha, la esposa de Rubén Torcuato, El Pulquero, hasta que se cansó de ir sólo para hacer la salsa y mejor le enseñó a Doña Wera a hacerla. Ella disfrutaba más los huevos de pato, así que logró convencer a Don Bernabé de hacerse de un par de patos para poder disfrutarlos, aunque sea de vez en cuando porque las patas no ponen a diario. Don Bernabé decía que los patos sólo comían y no producían, por eso no los quería... pero la complació y se hizo de un macho y tres hembras.

A través de los años los borregos de Don Bernabé fueron rindiendo, aunque la salud de Doña Wera se fue deteriorando. Cada día se le miraba más cansada y demacrada.

Sus hijos casi nunca los visitaban, pero por alguna razón se pusieron de acuerdo una navidad para estar con ellos. Buscaban que los niños convivieran con los abuelos, y que además los niños conocieran de cerca a los animales, cosa prácticamente imposible en la ciudad.

El doctor en cuanto vi a su madre la notó muy desmejorada, Doña Ovidia, quien presentaba síntomas de agotamiento crónico posiblemente por ser fumadora pasiva por tantos años al lado de Don Bernabé, así que decidió proponerles que se la llevaba a vivir a Cuernavaca donde el clima le ayudaría a mejorar su estado de salud y a respirar mejor, ya que el clima frío de Huimilpan podría empeorar su condición.

Así acordaron y lo hicieron, Don Bernabé se quedó sólo al cuidado de su granja durante un buen tiempo… aunque extrañaba a su compañera de vida se resignó esperando que se recuperara con el clima y los cuidados de su hijo.

Lamentablemente no fue suficiente y un día vino el contador para notificarle y llevarlo al entierro de su adorada Ovidia, quien no aguantó más y terminó sucumbiendo. Fue un duro golpe para Don Bernabé, se sentía solo, abatido, y hasta cierto punto culpable… pero no podía renunciar a su proyecto de vida y abandonarse en la depresión. Tampoco en el vicio, así que le prometió a la memoria de su difunta esposa que seguiría con su granjita hasta el final de sus días, y se regresó a su finca.

Los hijos solo volvieron a visitarlo una última vez, después de eso perdió contacto totalmente con ellos, en su soledad se refugió en su propiedad y era raro verlo incluso en el pueblo, ya ni de compras salía. Le llevaban hasta el pan a domicilio, era un viejo bien apreciado, aunque todos tenían la impresión que era corajudo era más bien su malacara, hecha por el sufrimiento, la ingratitud y el abandono de todos.

José, aunque llevaba casi diez años como peón ayudando en el rancho de Don Bernabé ya no le tocó conocer a Ovidia. Don Bernabé sabía que José era un hombre honesto y lo aceptó desde el día que éste se acercó a su ranchito a pedirle trabajo. Su labor ahí, principalmente era atender los corrales, lavar los bebederos, echarles a los borregos su paca de alfalfa achicalada. También les barría y sacaba el estiércol de los corrales en una carretilla toda chueca y desvencijada, para que estuvieran siempre limpios, y así cuando fueran los clientes a comprar se miraran más bonitos. Además, eso los mantenía más sanos y a Don Bernabé más contento.

No es de extrañar que cuando José tuvo posibilidad de ahorrar unos centavitos tomó la decisión de hacerse de un hato de borregos para iniciar en lo que él vislumbraba como el negocio de su vida, tomando de ejemplo la granjita de Don Bernabé, a quien a estas alturas admiraba ampliamente en secreto y tomaba como ejemplo a seguir, ya que José no había conocido a su padre.

Don Bernabé era un hombre recio, fuerte para su edad, pero con malestares y dolencias recurrentes que no le permitían ya atender de lleno y como quisiera sus corrales. Sólo podía alimentar a sus gallinas y a los benditos patos que para variar también habían rendido. Por esa razón contrató ayuda. Siempre traía un puro en la mano izquierda que José jamás miró encendido. El doctor le había recomendado anteojos, pero le daba vergüenza usarlos. Caminaba cual oso parado y se veía bonachón hasta que hablaba: hosco, rudo, mal humorado incluso, y era muy ladino para los negocios, como buen contador que fue.

Aquel día, cuando José consideró que ya suficiente tiempo para hablar con Don Bernabé de negocios, lo buscó al terminar sus labores de medio día en los corrales. Se puso su chamarra de mezclilla nueva, donde llevaba un puro veracruzano envuelto en celofán que había comprado en la tienda de la Señora Markakis el domingo pasado cuando fue a Querétaro, ahí cerquita de la Alameda, sobre la calle de la Corregidora.

José no tenía ni idea que hasta en los puros hay niveles, así que compró el más barato que encontró después de ver los precios, exorbitantes algunos, incluso fuera de realidad y proporción, según su entendimiento. -"…Tanto por un tiznao cigarrote… pero bueno, es lo que fuman los que tienen dinero, toda una cajetilla en un solo cigarro. Con razón Don Berna ni lo prende, para que no se le vaya a acabar..." Traía su puro pues, bien guardadito en la bolsa de la chamarra, pensaba dárselo a Don Bernabé cuando acabara de "palabrear" con él.

Se paró frente a su puerta, aprovechó que era la hora en que normalmente salía a comer a su casa, pero primero quería hablar con el patrón. Se sacudió la ropa, respiró profundo y se dispuso a tocar con los nudillos. Casi lo logra cuando Don Bernabé le abrió la puerta…

-"…¿Que pasó José?..."

-"...¡¡¡Don Berna!!! Me asustó, casi me cago, apenas iba a tocar la puerta..." dijo José con una sonrisa nerviosa.

-"...Te vi por la ventana cuando venías, ¿No me digas que pasó algo con mis borregos?..."

-"...No Don Berna..."

-"... Tus chamaquitos están bien hijo?..."

-"... Sí Don Berna, ellos están bien..."

-"... ¿Tu mujer entonces? ¿Es ella quien está mal José? ..."

-"... No Don Berna, mi Chabela no tiene nada..."

-"...¿Entonces José? ¿Necesitas dinero? Porque no tengo ahorita, no he vendido animales este mes..." dijo mientras lo miraba fijamente tratando de disimular su curiosidad y cierta molestia.

-"...No Don Berna, es que..."

-"...A ver José, ya suéltalo... ¿A qué viene tanto misterio?..."

-"...Es que... es que..."

-"...¿Sí?..." Don Bernabé comenzaba a desesperarse

-"...Vengo a hablar de negocios Don Berna..."

-"...¿Negocios dices?..." Dijo mientras se rascaba la nuca tratando de comprender. -"...A ver, pásale y me explicas mejor..."

Don Bernabé lo invitó a pasar a la casa, donde lucía hermosa una sala rústica hecha con enormes trocos barnizados que compró en un viaje Quiroga, Michoacán, le señaló uno para que se sentara y él ocupó otro. José se sentó en el borde del sillón, nervioso. Incluso sudaba, aunque ese día había estado hasta nublado por la entrada del frente frío.

Don Bernabé le ofreció un tequila, que José rechazó con una sonrisa titubeante, ya que él no tomaba, pero tampoco estaba seguro si era buena idea despreciar a su patrón… igual optó por no aceptarlo, quería estar bien sobrio para negociar.

-"…Verá Don Berna, ya tengo tiempecito trabajando con usted, he estado ahorrando unos centavitos y me gustaría que me hiciera favor… que si me puede… es que la mera verdad... yo quisiera…"

-"…¿Quieres que te venda un borrego José..." interrumpió desesperado, casi molesto por los nerviosos rodeos de José.

-"…Pus es que… si, la mera verdad si patrón, quería que me vendiera unos borreguitos para empezar yo mi propio criaderito en mi casa. No muchos porque además no tengo muchos centavos, pero algo pa´ empezar..."

-"…Mira José, tú sabes que yo de eso vivo, ya estoy viejo y no puedo trabajar, si pudiera créeme que hasta te los regalaba, eres buena persona, nunca me has jugado chueco, como los otros muchachos que han trabajado conmigo, pero de verdad no puedo ayudarte mucho José, mis borregos son caros… Quizá no lo sabes porque nunca has visto a cómo los vendo, mis borregos no son para barbacoa, mis animalitos tienen registro. Ves que hasta aretes y plaquita en la oreja traen, no son baratos hijo..."

-"…Entiendo Don Berna… y sin que se ofenda, ¿Cómo cuánto vale un borreguito de los de usted?..."

-“…Hay muchacho, vas a pensar que no te quiero vender pero mis animalitos se han vendido por lo general entre veinte y veinticinco mil pesos, ¿De cuánto es tu capital José? ¿Cuánto es lo que piensas invertir para arrancar tu corralito? ...” José tragó saliva haciendo un esfuerzo enorme para que no se le notara la impresión.

-“…Pues verá Don Berna… no pues si… si están… digo es que no me… bueno si tiene razón Don Berna… no son pa´ cualquiera esos borreguitos de usted… con razón vienen desde tan lejos pa´ comprarle...”

-“…¿De cuánto dispones José? ¿Cuánto dinero has juntado muchacho? ...”

-“…Verá Don Berna, pues es bien poquito… solo llevo juntaos siete mil, pero si, usté tiene razón Don Berna, ni pa´ uno me alcanza...”

-“…No te desanimes muchacho, ya llegará el día en que me puedas comprar todo el rancho…ya verás... Por lo pronto ya vete a comer para que regreses a tiempo y no descuides mis corrales”

-“…Si Don Berna, gracias… disculpe que lo haya molestado...” José se levantó y se despidió de mano. Don Bernabé lo acompañó a la puerta batallando al caminar porque se tullía cuando duraba un rato sentado y le costaba algo de trabajo volver a agarrar el paso.

Desanimado echó a andar al pueblo, para ir a su casa a comer con su Chabela y sus hijos.

Doña Yola

Caminaba José, ya de regreso a su casa por la polvorienta brecha que llevaba al pueblo, bordeada de magueyes y nopales, era de una tierra seca, casi blanca, parecía "tepetate" blanco revuelto con cal… y además bien finita o molida como talco, cualquier airecito levantaba una tolvanera que dejaba a José como sema, uno de esos panecitos de anís que Don Pablo el panadero del pueblo hacía y les daba un acabado polveando con harina y que José odiaba porque le recordaban su trayecto diario al trabajo, camino que recorría cuatro veces al día: por la mañana para darles temprano de comer a los borregos, a la hora de la comida cuando iba a su casa y volvía y por las tardes al salir del trabajo, después de atender los corrales para que los borregos tuvieran su pastura servida para rumiar toda la noche.

Pasó a la tienda de Doña Yola, como hacía casi todos los días, tomó un refresco sabor naranja del pequeño refrigerador casi vacío, donde además la anciana guardaba también una bolsa con tortillas, un cartón de leche ya empezado y un paquetito de jamón de donde vendía por rebanadas contadas para las tortas de los niños para la escuela. Él pasaba a comprar alguna galleta, un pan o un refresco más por la solidaridad de consumirle a esa pobre tiendita olvidada de Dios en la orilla del pueblo que por otra cosa, porque los panes estaban más suaves y los refrescos más fríos en la tienda de Don Felipe, en la mera placita principal.

-"…Doña Yola, güenas tardes, cóbreme por favor, está bien fuerte la calor hoy ¿Verdá?..." dijo mientras sacudía las solapas de su chamarra de mezclilla.

Más que calor, era ansiedad por la situación que pasó con Don Bernabé, penosa pues, y sumando la caminada…

-"… Hay José, y tu con tu chamarrota… seis pesos José…"

Metió su mano a la chamarra para sacar dinero para pagar cuando sintió el celofán del puro que le llevaba a Don Bernabé y ni chance tuvo de dárselo por las circunstancias. Se quedó pensando un instante y le reconfortó no habérselo dado, ya que no hubo trato. Sonrió.

-"…Y véndame unos cerillos Doña Yola, por favor..." Sacó sus billetes para pagarle a Doña Yola con uno de veinte, cuando ésta vio el fajo abrió los ojos con curiosidad.

-"…¡Hay José! ¿Te sacates la lotería? Ve no´ más cuánto dinero trais, no te vaigan a robar José..." No podía ocultar la tentación que le causaba que José trajera una cantidad nada común en él.

-"…No Doña Yola, son unos ahorritos que traiba pa´ comprar unos borregos, pero no se hizo la tratada, y pus ya voy pa´ mi casa..."

-"…¿Borregos dijites? ¿Queres mercar borregos José? ..." Dijo Doña Yola con un repentino y sospechoso interés.

-"…Mira muchacho, Antoño, mi yerno se jué pal norte la semana pasada hay no´ más me dejó a mi´ ja llena de chamacos y un puño de borregos, Servanda apenas si puede con los escuincles y ni tiempo tiene sacar los borregos al cerro a cuidarlos. Luego hay encerraos tragan como si la alfalfa la regalaran, y pus a mí no me conviene porque luego la de los gastos soy yo. Ya ves que aquí en la orilla del pueblo casi ni se vende, de no ser porque tú pasas luego por tu refresco cuando vienes de trabajar con Don Bernabé y estas vecinas que tengo… son mis únicos clientes, yo no puedo con todo… Ya estoy grande José… Deja le digo a mi´ja que te los venda, vente mañana a ver qué razón te doy. Además, acá entre nos, desde que se jué mi yerno Antoño ya van tres borregos que le sacan del corral a Servanda en las noches, y pus así menos es negocio, se los van a terminar robando todos...''

José no podía creer lo que estaba escuchando, de pronto las cosas tomaban un rumbo inesperado.

-''…¿De veras Doña Yola? ¿Cree que si me quiera vender unos?...'' Su cara se iluminó con esperanza.

-''…Hay muchacho, A ver, ¿Cuánto trais?...''

-''…Traigo siete mil pesos Doña Yola, los he ahorrado por mucho tiempo...'' dijo resignado después de la desanimada que le puso Don Bernabé.

Doña Yola se emocionó, pero trató de disimularlo, se acercó, por encima del precario mostrador de madera haciendo a un lado ligeramente el canastito del pan y bajando la voz para no ser escuchada por alguien más…

-''…Pues mira José, tú sabes que mi yerno Antoño nunca me ha caído, además, ahora que se largó me deja la friega de mi´ ja y sus tres chamaquitos que tengo que mantener yo mientras el empieza a mandar centavos, si es que manda, y no se arrejunta por allá con una güera, como me hizo mi dijunto Rafail, que ya nunca volvió y mejor se murió allá de borrachote… vamos a hacer una tratada hijo: tú a mí me das esos siete mil pesos y yo te consigo todos los borregos que dejó mi yerno Antoño… pero a mi´ ja Servanda le vamos a decir que te los vamos a dar a medias, o sea que cuando se cumpla un año, nos vas a dar la mitad de la crías, aunque tú y yo quedamos en que son tuyos. Ya luego les puedes decir que se te murieron, o que se los comió el coyote y así no tienes que dar nada tú y a mí me libras de mantenerle hasta los condenados borregos a mi yerno Antoño. Además, con ese dinero mantengo yo a mis ñetecitos mientras aquel desobligao les manda algo. ¿Cómo vez? ¿Qué te parece la tratada? ...''

A Doña Yola le brillaban los ojitos viendo la oportunidad de sacar cierta ventaja de esa situación, pero la verdad a José le movía mucho la emoción de esa oportunidad, ya que si eran suficientes animales los estaría comprando a un precio de oportunidad única.

-''...Doña Yola, está re bien su tratada pero asegúreme que no me van a ir a quitar mis animalitos después, ¿Qué tal si se rajan? ¿Y si a su yerno lo regresan los de la migra como me hicieron a mí, y llegando va a reclamar sus borregos? Eso sería lo único por lo que yo le pensaría Doña Yola, por lo demás, pus hay está el dinero, solo asegúreme. Ora, ¿De cuántos borregos estamos hablando? ¿Cuántos son ese puño que me dice usted Doña Yola?...''

-''...Pus mira José, no creo que lo regresen porque se jué con su compadre Benito que le prestó pal ''coyote'', no creo que lo regresen porque no le conviene al compadre, si no pus ¿Cómo le paga luego? Así que por ese lado no creo que haiga problema. Y de lo demás, ya contando grandes y chicos, pus no sé... creo que una docenita si son, tu vente mañana y te doy razón de cuántos son y como vamos a quedar...''

-''...Ta güeno Doña Yola, paso cuando termine de trabajar... Así quedamos entonces...''

José salió sintiendo que se le doblaban las piernas de la emoción, no podía creer que después de cómo le fue en su encuentro con Don Bernabé ahora le surgiera la oportunidad de hacerse incluso de más animales que los que originalmente tenía contemplado como pie de cría, que eran tres hembras y un macho. La vida le esbozaba apenas una sonrisa. José sentía que caminaba de pronto entre nubes de algodón. Hasta el refresco de naranja olvidó en el mostrador de Doña Yola.

José se sentó en una jardinera de la placita del pueblo, por alguna razón que el mismo jamás había analizado, a José, como a la mayoría de los hombres de su pueblo, no les gustaba sentarse en las bancas, lo hacían en las jardineras, junto las bancas, pero sobre la jardinera. ¿Sentían quizá que la banca era demasiado formalismo para hombres rudos y machistas? Tal vez. Lo que sí era una realidad es que eso de sentarse en las bancas lo dejaban para mujeres, niños y ancianos.

Vio pasar a Don Pantaleón y lo saludó desde lejos, de pronto se acordó de su puro y lo sacó. Lo observó por un momento dentro de su envoltorio de celofán, luego lo sacó y de igual forma lo recorrió una y otra vez, lo olió, y no le gustó el olor fuerte a tabaco puro, además, algo le causaba incógnita y curiosidad: ¿Por dónde diantres se fumaba esa cosa si solo tenía una salida? El otro lado estaba sellado.

-"…¿Y ora?..." Pensó

-"…¿Esto cómo se fuma?..." José jamás había tenido el hábito de fumar, de hecho, José no tenía ningún vicio. Pensaba que, si de por si era pobre, con vicios sería más aún, porque ningún vicio es gratis.

-"…¿Y si lo destapo? ¿Pero cómo? Ya sé, lo voy a morder..." José le arrancó un trozo con los dientes para destaparlo, y lo escupió de inmediato, era un sabor sumamente fuerte para él, y no estaba preparado. De cualquier forma, logró destaparlo, más por intuición, que por conocimiento, pero lo hizo, y lo prendió. Cómo le costó trabajo prenderlo, no sin antes medio ahogarse un par de veces con el humo y casi vomitarse.

-"…¿Y esto es lo que les gusta fumar a los ricos? Sabe hasta el cerro de feo..." se levantó y aventó el puro decepcionado por la experiencia. Asqueado con el mal sabor en la boca pasó a la tienda grande de Don Felipe y se compró un par de chicles Motita de yerbabuena para quietarse el feo sabor y emprendió camino a su casa.

El Día de la entrega

José solía ser muy formal, y extrañamente puntual, a comparación de como se acostumbra en los rumbos, así que ahí estaba al día siguiente más que puesto para cerrar trato con Doña Yola, como habían acordado.

-"…Ay José, si eres tan formal, bien derecho y cumplido hombre… siempre he dicho que hasta me habrías caído mejor tú, te digo, de yerno que el mentao Antoño…"

-"… Híjole Doña Yola, yo le agradezco… pero yo la mera verdá me fijé en mi Chabela y pus, en el corazón no se manda…"

-"…No te apenes muchacho… una cosa es la que una quisiera para sus hijas y otra muy diferente la que la vida y nuestro Señor nos tiene destinado… ya lo verás con tu hija cuando crezca… Oye tú ¿Qué crees?..."

-"…Dígame Doña Yola… ¿Ya se me echó pa´tras?..."

-"…No fregado muchacho, nuncamente… lo que te quería decir es que son quince los animalitos que te vas a llevar pa´tu casa… tas de suerte canijo…"

José abrió los ojos desmesurados, pero se contuvo casi al instante, para decirle a Doña Yola:

-"…Pus está re güeno eso Doña Yolita, pero yo traigo una espinita en el pecho que no me deja en paz… ¿Y si ya luego se arrepienten y me los quitan?..."

-"…Ah, esa es otra noticia que te tengo José, hablé con mi´ja, le dije que te ofrecí los borregos a medias y me dijo ella misma que mejor te los vendiera, que le dieras unos cinco mil por todos… pero ahí viene nuestra tratada José, a ella le vas a entregar sus cinco mil y a mí, sin que ella lo sepa o se dé cuenta me vas a dar los otros dos mil pesos pa´ apoyarme yo con mis ñietos. ¿Te parece? ...”

-“... No pus la mera verdá a mí no me gusta hacer las cosas chuecas Doña Yolita... pero pus diatiro usté sí se los merece por conseguirme la tratada con su hija Servanda. Cuente usté con eso...”

-“...Además ya le encargué un papel a Pablo García, el Delegao donde diga que mi´ja te vende los animalitos pa´ que este trato sea derecho y naiden te quite tus borregos José...aunque mi yerno Antoño regresara, su mujer te los vendió y punto...todo bien con el Delegao... vamos pa´que los veas muchacho y sepas lo que vas a comprar... ¿Ya tienes un corral hecho?

-“...Si Doña Yola, hasta dos... disde hace tres meses que los hice porque ya traía la intención de mercar borregos...”

-“...Bien muchacho, eres re trabajador, ya verás que tú sí les vas a sacar provecho a estas borregas que el tarugo de mi yerno Antoño no supo criar como se deben...”

-“...Ah y ayer te juites tan rápido que dejates tu refresco de naranja en el mostrador... ahí te lo guardé porque ya estaba pagau, agárralo del refrigerador muchacho...”

-“...Gracias Doña Yola, mejor le agarro hoy uno de piña, dice Doña Liboria que nunca agarre algo ya manoseau, por mi bien, no se ofenda...”

-“... Hay José, si serás desconfiau... pero si tán tapaus todos, ta gueno, como tú queras... amos a ver a mi´ja que nos ta´esperando...”

Se dirigieron a la casita por un lado de la tienda, donde se encontraba Servanda, robusta mujer de cara más tierna que una niña y sonrisa eterna, aunque mirada triste, chapiada, chapiada la mujer, de visita a casa de su madre y en obvia espera de cerrar trato y recibir algo de centavitos que mitigaran su pesar por la ausencia de su marido que la dejó peor que como cuando él estaba, que ya en si no aportaba casi dinero a la casa.

-"…Güenas tardes Servandita…" dijo mientras le tomaba respetuosamente y con suavidad la mano como se acostumbra en esos pueblitos de Querétaro.

-"… Güenas Jushe, ya me explicó mi Amá lo de las borregas y yo digo que sí Jushe, ¿Si trais los centavitos? Pa´que te los lleves de una güena vez…"

-"…Si Servandita… aquí traigo los centavitos… toma, si queres cuéntale pa´que no vaigas a pensar que no tan completos mujer…"

Servanda tomó el dinero y lo contó con las manos temblorosas, nunca soltó a su bebé que traía en brazos quien con curiosidad trataba de ver lo que su madre hacía.

-"…Ay Jushe, nunca en denantes había tenido tanto dinero en las manos… hasta me da miedo…pos si, parece que si ta´ todo… amos pa´que te los lleves… ¿Y si los sabes arriar Jushe?..."

-"…Pus verás Servandita, diario trabajo con borregos en el rancho de Don Bernabé… ¿Qué difícil ha de ser arriarlos por la calle mujer?..."

-"…Pus antons vamos por ellos a mi casa, sirve que pasamos con el Delegao por el papel y le pongo mi guella, ya ves que no se firmar, pero dicen que con eso es como si uno firmara…"

José y Servanda habían ido juntos a la primaria, pero solo hasta el segundo año, como todos los niños de esa generación, cuando las lluvias de ese año hicieron crecer tanto al río que éste se llevó el carro donde iban los maestros y murieron ahogados casi todos y los que no jamás quisieron volver a ese pueblito. Por esa razón había tanto analfabetismo en esa generación porque para cuando las autoridades lograron restaurar la educación en el pueblo ya habían pasado tres años y ya no retomaron por edades.

Desde que iban a la escuela Servanda siempre vio con buenos ojos a José, a quien en confianza y cariño siempre le llamo Jushe y él a ella siempre le dijo Servandita, hasta la fecha.

Ya de camino a su casa, les quedaba al paso la casa del delegado, a donde pasó Servanda en una carrerita por el documento que acreditaba a José como el legítimo dueño de quince animales que gustoso llevaría para su corral, lo que lo tenía al borde del delirio, y aunque José era muy penoso, tuvo que entrar a la casa del Delegado, Pablo García, para firmar su participación en el trato. Si bien lo hizo con una sonrisa, las piernas se le doblaban de nervios y de emoción.

Ya camino a casa de Servanda iba silbando en silencio, en su cabeza una canción que ni el mismo conocía, realmente iba extasiado.

Llegaron pues a casa de Servanda, al otro lado del pueblo, aunque al lado opuesto a la dirección de la casa de José. Todo el camino los chiquillos de Servanda iban haciendo cabriolas y su madre tratando de contenerlos a duras penas pues traía uno de brazos aparte de los dos guerrosos que la rodeaban como apaches a su fogata… pero realmente a José no le importaba, eso en caso de que lo hubiese notado porque realmente iba en otro mundo: el de su felicidad…

Llegaron pues a la casa de Servanda, una fachada blanqueada con cal hacía ya mucho tiempo, presentaba ya deterioro por el paso del tiempo y la erosión propia de la edad le marcaba sendos lunares donde le faltaba "repellado" como le dicen quienes de eso saben, hoyuelos al fin en la pared por donde se lograba ver los ladrillos rojizos bajo el material de recubrimiento rústico. Una puerta de madera reseca y agrietada, pero firme, salvaguardaba la entrada principal de la casita que además tenía entrada con dos láminas metálicas acanaladas y mal montadas con alambre recocido en un marco de ángulo de herrería a manera de zaguán al lado de la casa para llegar al patio trasero, lugar donde estaba el corralito improvisado con tambores viejos de camas y esqueletos de colchones quemados, con dos postecitos de concreto y unas tablas atravesadas eran su puerta.

-"…Aguántame tantito José, ahorita te abro por la cerca…"

-"…Ta gueno Servandita, aquí me espero, pierde cuidado…"

Servanda entró a su casa y encerró a sus inquietos chamacos dentro, acostó al bebé de brazos que se durmió en el camino y salió a atender a José por su improvisado zaguán.

-"…Pasa Jushe, deja abro las tablas del corral para que puedas entrar por ellos…"

Dijo mientras levantaba un tablón que hacía las veces de puerta y se colaba a duras penas y de perfil al corralito hecho con tarimas, pero cuya puertita definitivamente no estaba diseñada para las generosas medidas de Servanda, quien sin inmutarse se adentró en los corrales seguida por José quien a su vez preguntó preocupado al ver al borrego macho que tenía la misma cara que la enfermera de la Clínica de Salud del pueblo cuando va uno a pedir cita médica.

-"…Servandita, tu borrego no tope…"

Todavía no terminaba de decirlo cuando el infame animal (el borrego) hizo volar por los aires a la infortunada Servanda quien no supo lo que pasó ni cómo pasó, pero terminó con su prominente y voluminoso cuerpecito sentada en la cara del desconcertado José mientras un bochornoso dolor le agobiaba mientras trataba de asimilar que había sucedido…

-"…Jushe que pena hay Dios mío!!! Quítate Jushe que este animal creo que si topea, ya ni me acordaba… hay Dios si me duele todo el cuadril…"

-"… Si me quito Servandita, pero primero quítate tu de arriba de mí…"

José, todo desorientado, apenas lúcido por la situación empujó a Servanda para afuera del corral tratando de protegerla, recibiendo él el segundo embiste del animal mientras a empellones trataba de hacer que Servanda cupiera por la citada puertita del corral, misión casi imposible de realizar por su compleja anatomía.

-"…Servandita cuidado que viene otra vez… auch, ya me pegó a mí también…"

Como pudieron salieron del corral y José puso las tablas para evitar un nuevo embiste.

Ya afuera Servanda recordó que su marido manejaba al borrego con un pedazo de manguera de jardinería al que el animal le tenía miedo y respeto por los golpes que Antonio le había dado en el hocico. Sólo así evitaba sus ataques.

Servanda pedía disculpas al por mayor por la penosa situación en la que terminó sobre José…

Ya con el trozo de manguera en la mano, José pudo arriar a su rebaño y se despidió de Servanda a quien aún no se le quitaba el exagerado rubor de sus mejillas por la penosa situación en el corral.

José se sentía soñado… ya ni el dolor en la pierna sentía… iba feliz por las calles del pueblo en dirección a su chocita con ese singular trozo de manguera verde arriando sus animales. En más de una ocasión hubo que recordarle al borrego macho quien era el nuevo amo… José quería que todo el mundo lo viera con su rebaño.

-"… Ora Joséee… ¿Y esos borregos? Tan chulos José…"

-"…Los acabo de mercar Rubén… Eran los de Antoño, Servandita me los vendió pa´ cubrir unos gastos que tiene. ¿Trais pulque Rubén?…"

-"… No José, apenas voy a llevar la aguamiel, pero si queres te llevo a tu casa en un rato…"

-"… Ándale te encargo un litro pa´ que mis chamacos estén chapiaus y uno pa´ mi porque hoy quero echar un traguito por el puro gusto de la tratada que hice…"

-"… Si José, al rato te lo llevo, tan chulos tus animales…"

Y así se encontró con varias personas en su breve recorrido que no perdieron la oportunidad de saciar su curiosidad sobre los susodichos borregos… Don Armando que venía de raspar sus magueyes hoy más temprano que de costumbre porque iba a ir a la Cabecera Municipal a comprarse unos implementos para su labor. Melquiades que andaba juntando leña para que su mujer hiciera las tortillas del día siguiente y así, todo el camino…

Cuando llegó a su casa le dió la sorpresa de su vida a su mujer y a sus hijos:

-"…¡¡¡Viejaaaa!!!… ¡¡¡Ábreme un corraaaal!!! ¡¡¡Viejaaaaa!!!..."

-"…Viejo canijooo… ¿Cómo le hicites? Hay Viejo, que emoción, ya tenemos borregos…

Isabel y María se apresuraron a abrir uno de los corrales y entre todos ayudaron a meterlos.

-"… ¡¡¡Tengan cuidado con el machoooo, le gusta topear!!!..."

-"… Pá, ¿Cuál es el macho Pá? ¿Qué no son borregos? ..." Preguntó María con cierta picardía, como era su costumbre.

María sabía que a las Mulas también se les conocía como "Machos" cuando no eran hembras, por eso le pareció curioso que su padre lo dijera así y lo quiso hacer renegar la pícara niña.

Ese día fue de gran satisfacción familiar, celebraron con un tecito de canela y un bolillo de los de Don Pablo, pues Rubén nunca llegó con el pulque.

Aprendiendo a Manejar

José había trabajado años sacrificando todo, incluso a su familia, quién tenía casi cinco años pidiendo ir a la feria de Pedro Escobedo, municipio vecino, que habían escuchado se ponía muy bien.

Y esos cinco años eran justo la edad del pequeño Pedro, un niño despierto, vivaracho, travieso a más no poder... pero con la nobleza del padre en su corazón. Él era feliz persiguiendo ranitas o grillos entre el pasto y la hierba silvestre que crecía en el patio de la casa. Hacía travesuras como cualquier niño de su edad, aunque luego su madre se desesperaba como si sintiera que engendró al niño más travieso de la historia.

En ocasiones sus averías hacían desatinar a su madre, sobre todo cuando echaba a pelear a los gallos o asustaba a los borregos en los corralitos de piedra mientras se carcajeaba divertido. O cuando le echaba alguna lagartija en la espalda a su hermana María para que ésta saliera corriendo despavorida. Isabel, joven mujer sin experiencias del mundo, en su mojigata percepción de la vida se persignaba diciendo: -“...Hay Dios mío... que no vaiga a ser el anticristo...” una vez santiguada respiraba tranquila y veía a su hijo y suspiraba aliviada. Continuaba “echando” sus tortillas.

Ese día el clima había enfriado, los vientos soplaban con más fuerza y se avecinaba ya la temporada de fríos y lluvias. José llegó a comer, como siempre, pero llevaba en sus manos media sandía y en las bolsas de la chamarra un puño de jitomates que compró a una camioneta que pasaba vendiendo fruta anunciándose con una enorme trompeta aguda, como la de la escuela, que pareciera que la gente le compraba con tal de que se fuera del frente de su casa, porque resultaba un verdadero tormento escuchar a la infame con su música chillona que aturdía como cuando arañan la vieja pizarra del salón de clases. José al escucharla de lejos pensó: -"...les voy a llevar una frutita a mis hijos y unos jitomates a mi vieja, pa´la salsa de mañana.

-"...¡Páaaa, trais sandía!..." lo recibió María abrazándolo.

-"...Ten chata, pónla en la mesa pa´que hagan un agua o se la coman en cachos..."

-"...¡Mira má! ¡Lo que trajo mi Pá!,," gritaba feliz mientras la llevaba a la pequeña mesa de madera, cubierta con un mantelito de plástico estampado de flores en colores chillantes como se acostumbraba en la región. Sólo tenían tres sillas, la que faltaba se había roto porque cuando María era mas chiquilla se la pasaba meciéndose en la misma hasta que esta finalmente sucumbió, y al desarmarse Isabel la echó al fogón, le sirvió para las tortillas de dos días...

Isabel recibió a José con un fresco jarro con agua de la tinaja.

-"...Oye Viejo, creo que una borrega ya va a parir, la veo rara..."

-"...Eso es bueno, amos a verla..."

Se dirigieron a los pequeños corrales

-"...Oye si, está inquieta, esa tiene cría hoy, pa´la tarde que regrese ya debe estar con su borreguito..."

-"...Hay viejo, cómo no son cuateras, ¿Verdad? ¿Te imaginas? Cómo rendirían..."

-"…Ora que tenga dinero me voy a hacer de cuateras Vieja, ya verás, nos va a ir bien…"

Se escucha una algarabía entre las gallinas… salen corriendo unas para un lado, otras para el otro y daban la vuelta al jacal… extrañados miraban que sucedía.

-"…¡María! ¿Que train las gallinas?..."'

-"…No se Pá…"

-"…Han de ver agarrao una lagartija, es algo rojo, como sangre creo…" dijo Isabel

María las persiguió tratando de averiguar que era, cuando Isabel pegó un grito que María conocía bien…

-"…¡¡¡Chamaco jijo del maíz!!! ¡Escuincle carajo ahorita vas a ver!… ¡¡¡José este chamaco endemoniado les está echando la sandía a las gallinas!!! Gritaba totalmente fuera de quicio.

-"…¡¡¡Pedro!!! Ven acá…"

-"…Es que las gallinitas tenían hambre, y yo les quise dar las semillitas que no nos comemos de la sandía… pero como no se las pude sacar bien se las puse para que ellas se las sacaran, pero les dije que sólo las semillitas, y no respetaron el trato… se llevaron pedazos de sandía también…"' contó el niño desconsolado.

-"…¿Pero cómo se te ocurre? ¿En cabeza de quién cabe? ..." Preguntó José molesto pero divertido por dentro, a punto de soltar una carcajada que se habría escuchado hasta el Cerro del Cristo.

-"…¡María, tráemelo para darle con la chancla!.." gritó Isabel tan acostumbrada a lidiar con las travesuras de su querido Pedrito.

María salió como rayo, dispuesta a cumplir la instrucción de su madre… Pedrito ni lo pensó, salió disparado sabiendo lo que le esperaba si su hermana lo pescaba. José veía todo con fingida cara de molestia en su papel de padre, pero por dentro pensaba:

-"…¡¡¡Pélate compa!!! ¡¡¡Que no te agarren o te tiznan… jajajaja!!!..."

Mientras Pedrito corrió derredor de sus padres, con María casi atrapándolo de la ropa, subió, bajó la cerca, se metió a uno de los corrales mientras las borregas corrían asustadas en manada para el rincón opuesto.

En eso, se escuchó un grito desgarrador seguido de llanto…

-"…¡¡¡Apaaaaaaaá…!!! ¡¡¡waaaaaaaaaaa….!!! ¡¡¡Amaaaaaaaá!!!..."

Los padres asustados y desconcertados corren a asomarse tras de la barda de piedras encimadas tratando de averiguar que estaba sucediendo… casi al mismo tiempo se va levantando María frente a ellos del otro lado de la cerca con la carita toda embarrada de estiércol de una de las borregas que había estado chorrienta desde un día antes. Para su fortuna no se metieron al corral donde estaba el borrego bravo. Todos estallaron en risa menos la infortunada María.

Isabel le ayudó a bañarse con agua que puso a calentar en el fogón y aprovechó para bañar también al aguerrido Pedrito y se apresuraron a reunirse bajo la sombra del

Eucalipto, donde ya los esperaba José sentado en una piedra mientras roía una ramita que cortó junto al árbol. Quería darles una noticia.

-"… Quero que preparen sus mejores ropillas pal domingo…"

-"… ¿A onde nos vas a llevar viejo?..."

-"… Pus no sé qué mosco le picó a Don Berna que dice que me quere mandar por medicinas pa los borregos… si sabe que yo casi no le jallo a la manejada pero tá de necio que tengo que aprender… dice que de aquí al sábado tengo que poder con la troca…"

-"… ¿Y tú que dices viejo?... ¿Te imaginas? ¡¡¡Vas a parecer un señor importante en camioneta!!!

-"… Pus yo la mera verdá me da hasta miedo, pero capaz que si no le hago caso me corre Don Berna, ya ves que es rete corajudo…"

-"… Pus ya tará de Dios viejo… y si el te enseña pus aprovecha… quen quita y hasta te vuelves su chofer y te paga mas…"

-"… No, pus eso sí, el patrón ya está dando el viejazo y un día de éstos y no va a poder manejar y menos enseñarme, así que si le tomé la palabra y pus quero que me acompañen a Pedro Escobedo, dicen que a la pasada, por Escolásticas, hay unas gentes que están tallando una virgencita en una piedra…"

-"… Ta güeno viejo, pal domingo tengo listo todo y sirve que si nos vamos temprano a ver si llegamos a tiempo pa la misa de 8…"

-"... Quen quita Chabela, tendríamos que irnos muy temprano porque los caminos no tan nada bien dice Don Berna, que es casi a vuelta de rueda y hay que pasar por Ajuchitlacito primero, Dios quera y está bien la brecha de Huimilpan a Escolásticas..."

Al día siguiente llegó como siempre José a su trabajo que consistía antes que otra cosa ir al galerón del forraje donde estaban las pacas y cargar tres pacas de alfalfa para darle de comer a los borregos. Después lavaba los bebederos y los llenaba con agua limpia, contaba los animales y se cercioraba que a simple vista no se viera ninguno enfermo o decaído.

Apenas se disponía a barrer cuando llegó Don Bernabé con un jarro de atole de masa blanca bien caliente, cojeando como siempre por el esfuerzo, apoyado por su inseparable bastón y su puro sin prender.

-"... Buenos días José..."

-"... Buenas Don Berna... hace harto frío hoy y usté tan temprano ya ajuera..."

-"... Ten hijo, te traje un jarro de atole para que se te espante el frío..."

-"... Muchas gracias patrón, oiga, creo que al rato van a nacer los de aquella borrega porque ya anda bien asoliada, yo digo que la pasemos al paridero de una güena vez porque si la agarra la necesidá acá ajuera se le van a morir de frío las crías..."

Dijo mientras le recibía el jarro para darle un sorbo enseguida.

-"... Si, ya vi que sí, ya no tarda, échatela para acá mientras yo le abro..."

Don Bernabé abrió la reja del paridero mientras José arriaba la borrega en cuestión con toda la paciencia del mundo dada su situación. A José le gustaba mucho tratar con animales y les tenía mucha calma, eso lo apreciaba Don Bernabé que todo veía y tomaba en cuenta.

Una vez encerrada la borrega regresaron al lugar donde había dejado José el jarro de atole sobre una de las bardas de los corrales. Don Bernabé lo apresuró:

-"… Acábate tu atole para que vayamos a que manejes, quiero que estés bien fregón de aquí al domingo para que no tengas dificultades en el camino…"

-"… Don Berna, la mera verdad yo solo he manejado la troca de mi primo Nacho y era automática…"

-"… Nooo José, ¿Quién te dijo que eso es manejar?… Esas camionetas automáticas se manejan solas hijo… conmigo vas a aprender a manejar en serio…"

-"… Ta güeno patrón… como usté vea…"

Se fueron al otro lado de los corrales donde la camionetita de redilas estaba estacionada, no era propiamente una carcacha, pero si se veía algo deteriorada, trabajada, ya con sus añitos encima, pero entera.

Don Berna le dio las llaves a José para que la abriera.

-"… Mira José, como que le das una campaneada a la llave para que abra porque si no, no te bota el seguro…"

-"… Ah si se sintió como que desconoció la mano patrón…"

-"… Ábreme José…"

Ya adentro José se estiró hasta el otro lado y le abrió la puerta del pasajero, subió Don Bernabé y acomodó su bastón junto a su pierna entre éste y su puerta.

-"… A ver, te explico… la palanca así es neutral…"

Don Berna le estuvo dando clases de manejo toda la mañana en la parcela de Ramiro El Flaco, que no sembraba ya porque se fue a trabajar a la ciudad y dejó su tierra en el abandono. Ésta se encontraba junto a su finca, y así siguieron hasta que se llegó la hora de ir a comer.

-"… Vas muy bien José, échale para el pueblo… Dale a la tienda de Don Felipe…"

José sintió que las piernas le temblaban, no podía creer que el primer día y ya lo iba a meter al pueblo… ¿Y si chocaba con un árbol? O peor con un poste, en algún lugar escuchó que son muy caros y pensó que ni con la camioneta le alcanzaría para pagarle al gobierno si tira uno… además ni era de él.

-"… ¿A… Al pueblo dice Don Berna?..."

-"…Si José ¿No me digas que tienes miedo?

-"… Pos la mera verdá si patrón… ¿Y si atropello a alguien?..."

-"… Yo lo pago muchacho, si no agarras confianza nunca vas a poder salir del pueblo y yo necesito a alguien que me ayude a manejar, yo ya no puedo José, ya estoy viejo y las fuerzas me están abandonado…"

Le dijo primero en tono de enojo y luego buscando comprensión por parte del pobre José que sudaba como si hiciera calor, cosa que no era así, ya que, aunque pasaba de medio día, soplaba un viento frío muy característico de la región.

-"… Ta güeno Don Berna, yo le doy pa´ onde usté diga…"

-"… Ándale muchacho, tu dale y no te fijes, hazlo igual que lo has estado haciendo todo este rato y verás que no pasa nada, ya ves que nada más al principio se te apagó cuatro veces, en cuanto le encontraste la medida al clutch ya no te hizo tarugo. Vamos a echarnos un refresco a la tienda de Don Felipe…"

José no atinaba ya que decir… sentía que era un milagro haber aprendido en un solo día a manejar una camioneta standard y su cara iba iluminada, aunque perlada de sudor por los benditos nervios que eran tan naturales en él.

Esquivó perfectamente todos los obstáculos propios de la conducción en un pueblo: dos montones de zacate afuera de la casa de Doña Genoveva, un viaje de arena a la entrada de Teresita, la solterona del pueblo, ya que por fin había podido vender su cosecha y estaba ampliando su casa. Todo iba bien hasta que se encontró de frente a Rubén el pulquero, que venía arriando a su burro con sus dos botes colgando a los lados del animal. Al principio no supo que hacer y se puso más nerviosos de lo que ya de por si iba; el burro no se quitaba y seguía caminado directo a la camioneta que, aunque iba a baja velocidad, la falta de pericia de José hizo que tocara el claxon de la camioneta más por instinto que por otra cosa al tiempo que pisó el freno hasta el fondo haciendo que el desventurado de Don Bernabé terminara estampado en el parabrisas de su propia camioneta mostrando una cara distorsionada y por la boca chueca podía verse su dentadura incompleta.

Ante tal maniobra rara el motor se apagó, Don Berna soltó un gracioso quejido al estamparse en el vidrio seguido de una serie de improperios contra José, pero lo peor fue que el burro de Rubén se asustó con el ruido del claxon y el derrapón y salió corriendo despavorido sin mirar atrás.

Rubén ni siquiera se detuvo a ver qué había pasado con la camioneta, pero, aunque le pareció ver a José, no lo alcanzó a reconocer. Lo que si notó es que no manejaba Don Bernabé. Salió corriendo detrás de su burro que asustado solo atinó a correr por la salida del pueblo hacia la finca de Don Bernabé, que era de donde venían ellos.

Una vez pasado el altercado Don Bernabé se carcajeó mientras José apenado agachó la mirada y le pregunto:

-"... ¿Quere manejar usté patrón?..."

-"... ¿Estás loco? Hace años no me divertía como ahorita... ¿Viste la cara del pobre Rubén cuando vio salir su burro en friega? Arráncala y vamos a la tienda, que se me quitaron las ganas de refresco; ahora quiero una cerveza..."

José, con cara de regañado iba muy apenado, pero procuró ser más prudente, esa lección le sirvió para darse cuenta de los riesgos naturales que tiene la conducción.

-"... Patrón, toy re apenado... ¿No se lastimó su cara?..."

-"... Quítate de pendientes muchacho hoy vengo bien contento. En primera, porque aprendiste un montón hoy hijo, y eso solo gente capaz puede hacerlo, siéntete capaz. En segunda, solo de imaginarme la espantosa cara que debió ver Rubén cuando me estrellé en el vidrio me da mucha risa... jajajaja... seguramente pensará que fue su culpa y va a estar bien apenado conmigo..."

-"… Ay patrón yo ya no jayo ni dónde meter la cara de vergüenza con usté… me voy a parar aquí deste lado ¿Está bien?

Don Bernabé asintió con la cabeza y buscó su bastón para bajarse con su apoyo. Aun se iba riendo cuando alcanzó a José y le dio una palmada mientras le decía que no se preocupara, que todo estaba bien.

-"… Buenas Don Felipe…"

-"… Don Berna, buenas tardes… pásele, buenas tardes José... que cara tan pálida traes muchacho…"

-"…Buenas Don Felipe… n…no… no es nada Don Felipe"

-"… jajaja Es que casi atropella a Rubén y le tocó el claxon y le espantó al burro jajaja… pero no pasó nada Don Felipe, deme un par de cervezas para celebrar que José ya está manejando…"

-"… ¿Es verdad José? No pus ta re bien eso José… siempre es güeno eso de la manejada, uno nunca sabe cuándo se pueda ofrecer… estas dos yo se las invito, ya si queren otras esas si se las vendo…

-" A ver José, que les vas a llevar a tus niños, agarra algo de esas gusguerías que están ahí para que les lleves, yo te las invito…"

-"… Don Berna, yo la mera verdá todavía estoy "chiviau" por lo de orita…"

-"… A que la fregamos contigo muchacho… a ver Don Felipe, páseme unos refrescos bien fríos y deme toda esa charola de pan de azúcar… y deme unas bolsitas de esas de papas y frituras de las que les gustan a los niños… y tú tómate tu cerveza porque si te doy refresco capaz que te da el azúcar por el susto, ya sé que no tomas pero es para celebrar la divertida que me diste… jajajaja…"

-"… Pero patrón, como que con este frío la cerveza no´mas no quere…"

-"… Tú tómatela muchacho y deja de quejarte… jajaja…"

José no era muy güero, pero si blanco, algo chapeado normalmente, y si bien había entrado pálido a la tienda por el susto después del relajo y la cerveza sus mejillas ya podían verse bien recuperadas de color y la nariz roja por el frío.

Salieron de la tienda y José arrancó la camioneta con cierta timidez, y se enfiló para su choza

Apenas los vieron entrar y se armó la algarabía de chiquillos y perro corriendo, saltando y entre gritos y ladridos les dieron la bienvenida sin importarles el frío. El zopilote, desde que se acostumbró a la casa lo dejaron suelto y era muy bueno para avisar cuando alguien andaba cerca. Gracias a eso ya no le robaron mas borregos a José.

-"… ¡Má! ¡Llegó alguien Máaaa!..."

-"… Maaaa es mi Pá y viene manejando Amáaaa!..."

-"… ¡Buenas tardes Isabel!..."

-"… Don Berna, buenas tardes, ¿Cómo está patrón?..."

-"… Bien contento y divertido mujer, ahorita te cuenta tu marido, aquí te lo traigo para que le des de comer y se vaya ahora si a arreglar los corrales…"

José seguía abochornado, pero sonreía como resignado a las bromas de Don Berna.

-"… Don Berna… pásese pa que nos acompañe a comer, ta re calientita la sopita y hoy hice chilito con huevo…"

-"… Gracias Isabel… ¿Es de la salsa verde esa que tanto me platica tu viejo que le preparas tan rica?..."

-"… Pos no sé hacer otra Don Berna…"

Dijo Isabel tímidamente mientras se agachaba sonrojada.

-"… Pues claro que te acepto la invitación Isabel, sirve que nos regresamos juntos a mi casa para seguir trabajando que hoy me he reído como hacía años no. Voy a pasar a tu lavadero a lavarme y tú ya quita esa cara José y cuéntales a tus chiquillos cómo salió corriendo el burro, estoy seguro que les hará tanta gracia como a mi…"

-"… Sí patrón, acá en el tendedero tá la franela pa secarse las manos…"

Don Bernabé gritó desde el lavadero, hecho de piedra laja con una pilita de cemento que José le había construido al lado…

-"… Carajo Isabel, el agua de tu pilita está helada y así lavas tus trastes mujer…"

-"… Lo bueno es que mientras está el solesito lo aguanta uno Don Berna, pásenle y siéntese, ya les serví…"t

-"… Pero Isabel ¿Y tus hijos? Sólo tienes tres sillas y somos cinco…"

-"… Pierda cuidao Don Berna, ellos ya comieron, y yo siempre espero a José, siéntese, orita les sirvo agua…"

Mientras José y Don Bernabé les contaban la aventura de su incidente, disfrutaron de una comida muy rica, sobre todo llena de riqueza familiar que era lo que Don Bernabé tanto extrañaba y que sin darse cuenta lo había estado amargando por años ya de soledad acumulada.

-"… Isabel, casi se me olvida… ve con tus hijos y bajen una cosas que les traje, están en la camioneta, son unos refrescos y unas gusguerías para tus niños y la charola del pan también es para ustedes, sólo hay que regresar las botellas y la charola mañana a Don Felipe…"

Isabel y los niños abrieron sendos ojotes y no lo podían creer, salieron corriendo a abrir la camioneta y a buscar sus golosinas y le entregaron a su mamá la charola de pan y ellos ayudaron con los refrescos.

-"… Ay Don Berna, y yo dándole agua… que pena, pos es lo que tomamos nosotros ¿Verdá José? ..."

-"… Si vieja…"

-"… No se preocupen, me gustó mucho la comida, hacía mucho que no comía tan rico, y tus tortillas te quedan muy ricas Isabel, muchas gracias…"

El zopilote comenzó a ladrar inquieto avisando la llegada de alguien.

-"… ¡Joséeeee! ¡Joséeeee! ¡Guenas tardes Joséeee! ..."

Todos en la casa se miraron impactados al reconocer la voz, era Rubén, el pulquero, el del burro en estampida. Salió

José seguido de Don Bernabé y más atrás Isabel con sus curiosos chiquillos.

-"... Güenas tardes Rubén..."

-"... No´mbre José, quen lo diría, tu manejando, con razón no te quise reconocer... Don Berna güenas tardes..."

-"... Buenas tardes Rubén ¿Cómo está la familia?..."

-"... Bien Don Berna, gracias. Pos yo vengo a pedirles que me dispensen... por las prisas ni me fijé que mi burro se les atravesó y la mera verdá ya ni me detuve a ver si no se lastimaron porque el móndrigo animal salió pa las parcelas y ya me andaba pa´ alcanzarlo..."

-"... No te preocupes Rubén, no nos pasó nada, mas bien me quedé con el pendiente si no habrá tirado el pulque tu burro chiflado..."

-"... No Don Berna, si se le andaba soltando una chonda pero no la alcanzó a tirar. Ya cuando regresé al pueblo me dijeron que era José el que venía manejando y yo no lo podía crer, antons dije: hace tiempo se me olvidó llevarle su pulque, mejor se los llevo hoy no vaiga siendo que luego me quera machucar por informal. Así que aquí te traigo tu pulque José, y yo te lo invito por haberme olvidado de traértelo ese día que comprates tus borregos..."

-"... Pierde cuidao Rubén, más bien yo toy apenao contigo por asustar sin querer a tu burro... vieja, traite una jarra pal pulque y con eso haces pan de sierra pa´ mañana..."

Después de aclaradas las cosas y la pedidera de disculpas mutuas, Rubén siguió su camino y los demás se miraron divertidos buscando complicidad, pensaron que iría a reclamarles y resultó todo lo contrario, se sintió culpable del incidente y fue a disculparse.

-"… Oye José, yo escucho borregos en tus corrales ¿A poco si compraste?..."

-"… Pos me vendieron los de Servandita, la de Antonio. Es la hija de Doña Yola la de la tiendita que está por su casa Don Berna… venga pa´ que vea lo chulos que tan, no como los de usté, pero pos uno es pobre y es pa´ lo que alcanza…"

-"… A que muchacho tan persistente… así me hubiera gustado ser yo cuando tenía tu edad. ¿Hasta qué año estudiaste dices, José? …"

-"… Hasta segundo de primaria, pero si se ler… mire Don Berna, ya tengo mis primeras crías… tan re bonitos… ¡Escuincla bájate de la cerca que te la vas a echar encima!..."

-"… Pues si están carnuditos José tu borrego no está mal. Si no te ofendes ¿En cuánto los compraste? …"

Dijo intentando meterse al corral para verlo mejor, pero rápidamente José se lo impidió antes de que cometiera la imprudencia.

-"… ¡Pérese patrón! ¡Ese animal es un desgraciado y le encanta topear!

-"…No la friegues José, que bueno que me detuviste, un tope si me desarma a estas alturas…"

-"… Afigúrese que me lo topea… ni Dios lo quiera, sí lo perjudica… me vendió todos por los siete mil que llevaba ese día patrón… pero eran quince, ya me sacaron tres de los corrales pero desde que tengo al Zopilote ya no los ha dejao acercarse… y ahora tengo ya cuatro shirguillos nuevos… ay van patrón, ay van…”

José y Don Bernabé se regresaron a seguir atendiendo a los borregos y los pendientes de la finca. Por las prisas no les dio de comer a los dos perros dóberman que Don Bernabé tenía para cuidado de la propiedad y que sólo soltaba por las noches. Todas las mañanas José les lavaba el cuarto donde pasaban el día y les echaba de comer un caldo con tortillas que Don Bernabé preparaba con huesos y pellejos que pasaba a dejarle Armando el carnicero todas las tardes.

Por la tarde regresó José a descansar donde ya lo esperaban sus hijos trepados en el huizache donde estaba el improvisado tejabán del Zopilote. Por la noche les contó la historia del Charro Negro de Carrillo, sus hijos se asustaron al principio pero cuando la historia se terminó estaban riendo imaginando las caras de los involucrados en dicha narración.

El Aguacero

Ese jueves no practicaron con la camioneta, dos borregas habían parido y necesitaban atenciones. El frío se dejaba sentir con todo y chamarra y las manos se congelaban, sobre todo al lavarles los bebederos y llenarlos con las cubetas de lámina que usaba José para tal fin.

Se apresuró ese día para salir corriendo a su casa a la hora de la comida… y es que el cielo encapotado amenazaba con soltar un aguacero como pocos, la humedad podía sentirse en el aire.

-"… ¡¡¡Si llueve ya no regreso Don Berna!!! …"

Gritó desde la salida de los corrales. Don Bernabé lo veía desde la ventana.

-"… ¡¿Les echaste comida suficiente José?! …"

Le inquirió Don Berna.

-"… ¡Si Don Berna, por si la lluvia no deja nos vemos mañana!..."

Su patrón lo despidió con la mano murmurando:

-"… Ve con Dios, hijo…"

El Viejo tenía fama de corajudo, pero en el fondo apreciaba mucho a José, no se lo decía porque pensaba que sería una señal de debilidad, y él no estaba dispuesto a ser débil bajo ninguna circunstancia. Aunque desde el día anterior con el altercado del pulquero y la comida en casa de José comenzaba a sentirse un cambio el corazón de Don Bernabé, de pronto sonreía solo y eso no era común en él.

José apresuró el paso, repentinos y violentos ventarrones casi le volaban el sombrero que tenía que detener con una mano mientras la otra trataba inútilmente de mantener cerrada la vieja chamarra de mezclilla que usaba para el trabajo y que tenía averiados casi todos los botones.

José trastabillaba con los ojos casi cerrados por la tierra que se levantaba con las ráfagas de viento en torno a él. Corría en momentos y otros solo caminaba presuroso, era realmente imposible caminar derecho con esos vientos y sobre todo casi a ciegas.

Así pasó el largo camino de tierra blanca que daba a la Propiedad de Don Bernabé, cuando se acabaron los magueyes sintió cierto alivio pensado que si la lluvia se soltaba podría refugiarse en la tiendita de Doña Yola, pero para su mala fortuna ésta ya había cerrado, sabiendo que no habría ventas, a menos que fuera de velas para las casas de las vecinas que no tenían luz, pero iban a tocarle a su puertita para que se las vendieran cada vez que ocupaban.

José siguió su camino, para cuando llegó al jardincito del centro de su pueblo ya comenzaban a caerle unas gotas de buen tamaño que le dolían en la espalda al impactar por encima de su vieja chamarra. Pensó en guarecerse un rato en los árboles de la plaza, pero recordó que desde niño escuchaba relatos de cinco hombres que hicieron eso antes de que él naciera y les cayó un rayo matándolos a todos y sembrando luto en el pueblo por varios años.

José se apresuró a seguir con su camino, sin detenerse ni a pensarlo siquiera, ya faltaba menos cuando el agua arreció, José sintió llegar lo mojado hasta su piel y el agua estaba en verdad helada, salió corriendo lo más que podía. Si antes no lograba ver bien por el polvo, ahora era por el aguacero que le cegaba la visión casi en su totalidad.

Hacía equilibrio para no caerse, en eso, pisó un lugar que ya era lodo del pegajoso, su guarache se deslizó amenazando con caer al pequeño vado hecho charco tempranamente por la cantidad de agua que estaba cayendo en eses momento. José sintió que el alma lo abandonaba, su cara, si le hubiesen tomado una foto, sería una de las más chuscas de la historia con la boca abierta a mas no poder y los ojos desorbitados a pesar del agua. Afortunadamente logró mantener el equilibrio y lo único que pudo arrancarle ese pequeño atasco fue una correa de su guarache izquierdo.

Corriendo como tullido, haciendo lo posible porque su guarache no saliera disparado, no paró hasta la salida que daba a su choza. Y bien no acababa de dar la vuelta a su calle, cuando en la parcela de al lado de él, cayó un rayo que con su pavoroso estruendo casi lo deja sordo.

-"… ¡¡¡Ay Virgencita!!!..."

Gritó el infortunado José mientras comenzaba a declarar toda clase de salmos que se sabía buscando protección divina.

Llegó por fin José a su casa, el fiel Zopilote ladraba desde su improvisada guarida hecha con una lámina vieja que le había puesto la noble mujer de José. Al oírlo, Isabel se asomó por la puerta desvencijada de su chocita, pero al ver venir corriendo a su "Viejo" solo atinó a hacerse a un lado para que pudiera entrar sin contratiempos…

Definitivamente la fortuna no estaba de su lado ese día, el pobre José más tardó en poner un pie dentro de las lajas de piedra que tenía de piso en su choza, ya de por si resbalosas, cuando el guarache que traía reventada la correa se patinó por el lodo haciéndolo deslizarse sobre el suelo hasta chocar de espalda con la mesita de madera en donde además del cátaro del agua, estaba también la cazuela con la sopa para la comida, misma que terminó bañándolo desde la cabeza y si bien no se había recuperado del susto, el cántaro que estaba tambaleándose terminó cayendo y bañándolo también con su helada agua…

En ese momento su mujer y sus hijos lo miraban impávidos, petrificados por la impresión, por el susto...

-"… oye viejo… yo creí que ya te habías mojado lo suficiente allá afuera como para que te eches encima la sopa y el cántaro…"

-"… jajajajajajajajajajaja, vieja chiflada, tenías que salir con una de esas!!!! Ayúdame a levantarme que ya me derrengué… lo bueno es que la sopa no estaba hirviendo si no ¡¡¡Imagínate!!!"

Isabel lo ayudó a levantarse y todos explotaron en carcajadas.

-"… Ay viejo, ¿Ahora que vamos a comer?..."

-"…Deja tu comer vieja chula, que voy a hacer de guaraches pa´ mañana pa´ irme a trabajar, voy a ver si ahorita lo puedo coser con cáñamo… ¿Dónde estará mi aguja capotera, vieja?…"

Isabel y María se pusieron a hacer otra buena cacerola de sopa, que particularmente a Isabel le quedaba deliciosa, mientras José trataba de remendar su maltratado guarache y Pedrito hacía su característica algarabía.

De cuando en cuando sus hijos se acordaban de la caída de su padre y se atacaban de risa. Incluso imitaban su accidentado arribo a la choza mientras nuevamente se destornillaban de risa.

La tarde avanzó y entrando la noche un relámpago cayó y se apagó la luz de la chocita y de todo el pueblo, Isabel prendió una vela y dispuso a sus hijos para descansar, no era muy tarde así que José les preguntó si querían escuchar historias de los abuelos, ellos emocionados gritaron "... siiiii...". José les contó cuando a su bisabuelo se les cayó del caballo recién nacido el día que lo iban a bautizar y los niños lo disfrutaron mucho... poco a poco se quedaron dormidos. "... Ay Viejo, tan re chulos nuestros escuincles..." "... Si Chabela... los hicites bonitos..."

Fue un gran día a pesar de la fuerte lluvia.

Problemas Mecánicos

Ese día llegó José tan puntual como acostumbraba, Don Bernabé ya lo esperaba con un jarro de canela en el área de corrales.

-"... ¿Cómo te fue con la lluvia ayer José?... ¿No te mojaste muchacho? ..."

-"... No patrón, casi no... güeno un poco..."

-"... Me quedé con el pendiente, hasta se me ocurrió que mejor te lleves la camioneta, así no te mojas y sirve que practicas mas José, por si el domingo llueve sepas manejar en mojado..."

-"... Pero es que todavía me da miedo patrón... no la vaya a regar y luego..."

-"...Manda el carajo miedo bien lejos muchacho... con miedo uno no hace nada nunca..."

-"... Eso si Don Berna..."

-"... Apúrate para que nos vayamos a dar vueltas aquí al lado..."

Terminando de alimentar a los animales se fueron a practicar despegando su arranque y dando vueltas por toda la parcela a diferentes velocidades... José ponía mucha atención porque ya le había agarrado el gusto al volante y se aplicaba lo suficiente para que Don Bernabé se sintiera muy satisfecho de su avance.

-"... Sabes José... veo que estás agarrando el gusto por manejar... desde hoy te llevas la camioneta para que no batalles en el camino y además por si necesitas acercarle rastrojo a tus animalitos también para que ya no lo cargues en tu carretilla... ¿Cómo ves?

-"... Híjole Patrón, me a va a hacer chillar, la mera verdá estoy re emocionado y no sé qué decirle, es re güena gente aunque todos digan que usté es un viejo gruñón..."

-"... A caray...¿Quién dice semejante cosa de mí muchacho?..."

-"... Chin! Creo que ya metí la pata patrón... pos... pos todos en el pueblo. Siempre me preguntan que como le aguanto y pos yo les digo que lo que pasa es que no lo conocen bien a usté..."

-"... Jajajaja ... no te apures José, yo estoy enterado de todo lo que de mi se dice en el pueblo... solo te estoy vacilando carajo...jajaja la cara que pones hijo..."

José se puso chapeado y Don Berna le dio una palmada en la espalda. Le platicó a Don Berna su odisea del día anterior y lo que paso al resbalarse, se carcajearon juntos y siguieron en su clase de manejo hasta la hora de la comida.

-"... Vete a comer muchacho, nos vemos al rato..."

-"... Si Don Berna ¿No quere venir a comer con nosotros otra ves?..."

-"... No José, tengo algunos pendientes que arreglar en casa con unos documentos y voy a aprovechar para hacerlo porque en la noche ya no veo bien con todo y la luz del foco. Además no hay que dar lata tan seguido para ser recibidos siempre con una sonrisa. Salúdame a tu familia..."

-"...Ta güeno patrón, muchas gracias, nos vemos al rato..."

José agarró camino como hacía todos los días por tantos y tantos meses… años. Pero para no perder la costumbre paró afuera de la tienda de Doña Yola.

-"… ¿Y ora José? Ya le mercates también la troquita a Don Bernabé… no te digo José, mi´ja Servanda sí que metió la pata con Antoño, tu eras el güeno José…"

-"… Ay Doña Yola, usté y su vaciles, no le digo… deme mi refresquito Doña Yola, pal camino… y no…la troquita me la prestó el patrón pa´que siga aprendiendo a manejar"

-"… Eres güeno Jushe, y el viejo amargado lo sabe, que güeno que te esté ayudando, eres bien trabajador…"

-"… Ya me voy doña yola…¿Seis verdá?..."

-"… Si José, seis pesos…"

José siguió para su casa donde ni se imaginaban que llegaría solo con la camionetita del patrón. El cielo estaba nublado, pero no se veía posibilidad de lluvia inmediata. Entró a su terreno ante la algarabía del Zopilote y salieron los niños corriendo y felices preguntaron casi a coro…

-"… ¿No nos mandó nada hoy el patrón apá?..."

-"… No escuincles pero después de comer les voy a dar permiso de subirse atrás mientras regreso a trabajar…"

Los niños se pusieron felices y bailaron rodeando a su padre mientras se dirigía al rústico lavadero de piedra a lavarse las manos para poder comer.

-"… Ya llegates José, te pasaron a dejar pulque, por si queres…"

-"… No mujer, has pan mañana otra vez, ya sabes que no me pasa mucho la bebedera…"

-"… Ta güeno José, te hice chicharroncito en chile prieto, a ver si te gusta viejo…"

-"… Tas re loca "diatiro" Isabel, si sabes que me podrías envenenar con chicharrón y todavía piensas que no me pudiera gustar… a que mi vieja esta…"

José disfrutó como siempre de las esmeradas atenciones de su mujer que lo adoraba y buscaba siempre sorprenderlo y darle gusto en lo que sabía que le encantaba. Incluso le decía que si se le antojaba echarse un trago no se detuviera por ella, que lo entendía perfectamente siempre y cuando no le siguiera y no se le hiciera vicio.

Lo único que le preocupaba a Isabel era que José se fijara en otra mujer, eso sí le daba preocupación. Su madre siempre se lo dijo desde que tuvo edad para hablar del tema, que si no atendía a su marido como Dios manda se le iría con otra que si lo atendiera bien.

Isabel sabía que José ni tiempo tenia de buscar otra, y eso le daba cierta confianza, pero también sabía que no era precisamente feo, pero por sobre todas las cosas era muy trabajador, respetuoso y sobre todo de los pocos en todo el pueblo que no tenían vicios. Eso lo hacía un hombre muy cotizado entre las mujeres del pueblo, muchas solas porque sus maridos se habían ido "al norte". Por esa razón Isabel no se confiaba y trataba a su hombre con todas las atenciones y melosidades posibles sin afán de empalagarlo, pero si para que nunca se le olvidara que en su jacal tenía a una gran mujer que lo esperaba en todo momento.

-"… Oye José, te ves cansado…"

-"… Si Chabela, algo, pero tengo que regresar, el día apenas está a la mitad…"

-"… Qué te dice el patrón? ¿Ya le hayas más a la manejada?..."

-"… Ya Chabela, ya casi no la riego tanto…"

-"… Vente viejo, recuéstate un ratito mientras reposas la panza, te voy a limpiar tus patas con la franela colorada y agua calientita para que descanses, ya está lista la agua…"

-"… Ay Chaparra, eres muy buena mujer, Dios te bendiga siempre…"

José se recostó en su cama mientras Chabela le quitó sus guaraches y con la franela húmeda le lavó los pies y se los secó, lo acomodó sobre la cama y le puso crema en sus pies… José suspiró aliviado del cansancio y colgó su sombrero en la cabecera al tiempo que abrió los brazos para invitar a su mujer a recostarse a su lado.

-"… Oye José..."

-"… Dime Chabela.."

-"… Es que… es que te ves re guapo en la camioneta, te vi por la ventana y hasta pareces un señor de esos de las haciendas…"

-"… No me chivies Chabela…"

-"… De veras tu… Es más, me dieron hartas ganas de que me des unos besotes de esos que me das cuando andas de enamorao…"

Isabel le susurró al oído mientras su mano traviesa buscaba con cierta frivolidad acariciar sitios que normalmente no haría en público. Con la torpeza propia de una mujer recatada, desabrochó el cinturón mientras José sorprendido pero complacido le seguía el improvisado idilio a su mujer.

-"… oye Chata, ¿Y si vienen los niños?..."

-"… Hasta cres que van a venir… Están jugando trepados en la camioneta y ahorita ni aunque les hable vendrían, ya los conoces… ya le puse la tranca a la puerta…"

José cumplió a su mujer como ella esperaba. Momentos después, abrazada a su pecho le decía cuanto lo quería mientras él miraba las tejas de su techo con el pensamiento en ese extraño ruido que le había escuchado a la camioneta.

-"… Ya me tengo que ir Chaparrita… Si no se me va a hacer tarde y Don Bernabé se vaiga a enojar…"

-"… Ta güeno José, que Dios te acompañe…"

José se vistió y se calzó sus remendados huaraches, se dirigió a la camioneta donde, efectivamente, los niños seguían jugando.

-"… Ya bájense shirgos, me tengo que ir a trabajar…"

Isabel lo alcanzó aun abotonándose la blusa y lo volvió a besar.

-"… Gracias José…"

-"… ¿Gracias de que Chaparra?..."

-"… Pos de todo José, por ser mi viejo, por quererme, por los hijos que me has dado… soy feliz José…"

José la abrazó nuevamente y le dio un beso en la frente mientras sostenía su cabeza con las dos manos fuertes y callosas por el trabajo.

-"… Tú y mis hijos son todo para mi Chabela, nunca lo olvides… ya me voy… pórtense bien escuincles, vengan a darme un abrazo y ya métanse que ya va a llover…"

Todos rodearon a José y lo abrazaron a la vez. Pronto estaba en camino a la finca de Don Bernabé. Comenzaba a lloviznar.

La camioneta hacía un ruido extraño que José, por falta de conocimientos mecánicos no atinaba a saber que podría ser, pero cada vez se escuchaba más fuerte, era en la parte de abajo y entre más aceleraba el vehículo más sonaba. De pronto, al pasar frente a la placita del pueblo ya no aguantó más y se orilló a revisar. La flecha cardán estaba colgada. El soporte se había zafado de sus tornillos y "cabeceaba" al girar. Si hubiese seguido avanzando el daño sería más grave. Podría dañar los baleros de las crucetas y la reparación sería más complicada.

José se quitaba el sombrero y se rascaba el cabeza preocupado, de pronto no sabía qué hacer. Solo atinó a sacar un lazo de atrás del asiento y se metió bajo la camioneta para levantar la flecha cardán para que quedara lo más derecha posible. Amarrada de una redila de madera del piso de la plataforma fue como José pudo seguir su camino. Para cuando llegó a la finca ya se había soltado la lluvia.

Afortunadamente no duró mucho la lluvia. Don Bernabé salió a ver a José mientras éste servía alfalfa a los borregos medianos del corral grande.

-"... ¿Cómo te fue con la lluvia José? ¿No se te patinó en el lodo? Es algo que todos tenemos que aprender al manejar, a lidiar con el lodo cuando llueve, y con las ponchaduras porque no sé que tenga que ver que cada que llueve los clavos y las espinas están nada más esperando que uno pase para hacer su maldad..."

-"... No Don Berna, todo bien con eso, lo que si es que se le empezó a escuchar un ruido bien feo allá abajo y yo no sabía ni que hacer, ya ve que de eso no sé nada..."

-"... ¿Un ruido dices? ¿Y ya se le quitó?... a ver, déjame ver..."

Don Bernabé fue por un tapete para recostarse apoyado de su bastón para checar la falla mecánica que había mortificado a José.

-"... Muchacho carajo!!!... ¿Cómo diantres se te ocurrió hacer esto?... ni a mi se me hubiera ocurrido..."

-"... Perdón patrón... la regué ¿Verdá?... Es que no sabía qué hacer y tenía que llegar..."

-"... Al contrario José, fue una genialidad lo que hiciste, resolviste para poder llegar. Lo importante cuando uno anda en el camino es no quedarse tirado cuando una falla mecánica te complica el viaje... resolviste de la mejor manera posible, ni a mí se me habría ocurrido hijo, estoy muy sorprendido... definitivamente estás hecho para manejar, siéntete contento porque lo que acabas de hacer no cualquiera..."

José estaba ruborizado, no entendía muy bien lo que había hecho, pero le daba gusto que Don Bernabé no se hubiera enojado con él por la falla mecánica. Don Bernabé llevó a guardar el tapete y se fue a preparar un café.

Después de un rato, Don Bernabé salió con una cajita de herramientas en una mano y su bastón en la otra. Bajo el brazo llevaba nuevamente el tapete y lo lanzó bajo la camioneta. Se metió y puso las tuercas en el soporte de la flecha cardán, retiró el lazo y salió muy complacido. Fue a guardar sus herramientas y el tapete y regresó a recargarse en la bardita blanca del corral donde luego ponía su taza o su jarro cuando iba a ver trabajar a José, pero esta vez miraba la camioneta un rato y otro rato miraba a José. Prendió su puro.

José se apresuró a sus labores por si se soltaba la lluvia nuevamente. Se dirigió a Don Bernabé cuando lo vio lanzar una gran bocanada de humo, muy pocas veces José había presenciado ese espectáculo, Don Bernabé casi nunca prendía su puro a menos que fuera una ocasión muy especial, que generalmente resultaba de la venta de sus borregos.

-"… ¿Todo bien hijo?..."

-"… Si Don Berna, ya les di a todos y revisé que tuvieran agua ¿Le pasa algo Don Berna? Lo veo medio raro…"

-"… A decir verdad si hijo… yo ya estoy viejo y no puedo estar yendo seguido a Pedro Escobedo por las medicinas, por eso es que te mando a ti. Podría irme contigo este domingo, pero por esta vez no voy a ir porque a lo mejor vienen por un par de borregos y necesito completar una cantidad que he estado juntando…"

-"… Pos la mera verdá yo no quería irme solo patrón, me quería llevara mi Chata y a mis escuincles y le iba a pedir permiso a usté, si no se enojaba porque los lleve conmigo, yo los quería llevar a misa, ya ve que su iglesia está re bonita con sus torres de picos de cantera. Pensaba salir más temprano pa´ alcanzar a llegar a misa de ocho…"

-"… Pues mira que oportuno muchacho, mi preocupación era que tengo que llevar una veladora a la iglesia precisamente, en memoria de mi difunta Wera, pero me parecía un poco injusto pedirte que te levantaras mas temprano y en domingo, pero siendo así te puedo encargar con confianza que la prendas antes de la misa de ocho por favor, que es a la que cada mes llevaba yo a mi mujer…. Ahorita te la doy para que de una vez la traigas en la camioneta…"

-"… Oiga patrón, pero ¿Cómo le vamos a hacer con la camioneta si está deschavetada?... ¿Hay que ir a Huimilpan por el mecánico no?... y estoy re apenado porque yo se la descompuse patrón…"

-"… Jajaja que muchacho este… mira José, eso es algo que tarde o temprano nos iba a pasar, ya traía flojas las tuercas y se le fueron saliendo, te tocó a ti pero pudo haberme tocado a mí en el camino y yo todo chueco ni siquiera se me habría ocurrido hacerle lo que tú le hiciste con el lazo, estoy muy agradecido con Dios que te pasó a ti y supiste resolver hijo. Eso es una experiencia que tienes que agradecerle al cielo toda la vida porque te va dando la confianza para cuando andes en el camino sepas como resolver fallas sencillas. Te voy a poner una cajita con herramientas atrás del asiento por si se llega a ofrecer algo.

Por lo pronto ya la reparé, ahorita te la llevas ya y todo normal. Ya solo me quedan dos garrafones de gasolina, ahorita se los echamos y te voy a dar para las medicinas y para gasolina, te llevas todos los garrafones para que los llenes en la gasolinera de la carretera Panamericana, allá en Pedro Escobedo, solo ten mucho cuidado con los camiones. Y te encargo mucho lo de la veladora. Es la primera vez en años que no voy a llevarla, pero la mando contigo que es como si fuera yo, ahorita te traigo de una vez la veladora y otra cajita que tengo bajo mi cama con herramientas que ni uso yo, pero te servirán en caso de necesidad en el camino, ya regreso…"

-"… Si Don Berna, pierda cuidado… yo la llevo y le rezo un padre nuestro por usté…"

Don Bernabé se alejó con su característica corpulencia y regresó con la herramienta.

-"… Ten José, sube ésta caja atrás del asiento, la veladora te la doy mañana porque no me acuerdo donde la dejé, ya mañana por la tarde cargamos los garrafones y te doy el dinero para el viaje…"

José se fue a descansar a su casa. Por la madrugada volvió a llover y el Zopilote ladró un poco, oliendo quizá a algún tlacuache que rondaba las gallinas de José.

El Bisabuelo

Cada vez que los chiquillos no se querían dormir le pedían a José o a Isabel que les contaran una historia para que se arrullaran. Una de sus favoritas era la de su bisabuelo, que en honor a la verdad si era cierta o fantasiosa no dejaba de ser una historia fantástica.

En un lejano pueblito del vecino estado de Guanajuato, a finales de los años mil ochocientos nació un pequeño a quien le darían el nombre de Leopoldo. Sus padres, Severiano y Juanita habían decidido que ese domingo llevarían a Leopoldo a bautizar en la misa de medio día en un poblado cercano a San Miguel Allende, rumbo por donde ellos radicaban. Ellos vivían entre parcelas, ni siquiera podría considerarse un poblado donde ellos tenían su choza, así que tampoco podían aspirar a una capilla local y tenían que cruzar por dos pueblos para poder llegar cada domingo a misa.

Esa noche habían intentado robarle su mula, que además era con lo que sembraba su parcela el joven Severiano, así que ambos montaron guardia con su escopeta chispera y machete durante casi toda la noche con ayuda de sus dos perros. En cuanto Severiano escuchó pasos atrás de su choza salió y disparó a la sombra que corrió alejándose en la oscuridad mientras Severiano recargaba con estopín, pólvora negra y balines el cañón de la escopeta, para luego sellar con otro estopín y cambiar el cápsul para dejarla lista para el siguiente disparo. Severiano tenía cierta habilidad para las armas porque era bastante común tirar bala en esa época.

Finalmente lograron proteger su mula, pero no durmieron en toda la noche, así que al día siguiente estaban bastante desvelados.

Ese domingo en particular el frío era intenso, por lo que Juanita envolvió muy bien a su chamaco y lo abrazó con su reboso. Severiano montó la mula y Juanita subió en ancas con su bebé. Su mula era un animal noble, manso, se sabía casi el camino sola, pues cada domingo recorrían la misma ruta. El calorcito del sol los empezó a adormilar, primero a Juanita, quien inexplicablemente se mantenía sobre la mula a pesar de ir sentada de lado, y después a Severiano, aunque él no tardó mucho dormido.

Llegaron por fin a la iglesia, justo a tiempo para comenzar la misa, Severiano amarró a la mula, mientras Juanita sacó unos tacos que llevaba para el camino y Severiano los recibió feliz por el hambre que ya le comenzaba a agobiar a esas horas. Entraron presurosos a la iglesia donde el párroco ya estaba recibiendo a otras parejas que también iban a bautizar ese día.

-"... Preparen a sus hijos para que los tengan listos a la hora del sacramento..."

Juanita puso una cara que nadie podría imitar jamás al darse cuenta que en su rebozo solo llevaba el jorongo y el atado de tacos, pero su bebé no estaba... tembló de pies a cabeza y miró llena de pánico a Severiano antes de decirle lo que estaba pasando, Severiano sintió que un rayo lo partía justo por la mitad tratando de imaginar lo que su mujer trataba de decirle y no se atrevía.

-"...Santísima Virgencita ayúdame!!!..."

Todos voltearon a ver a la joven pareja mientras el padre se acercó a ellos tratando de averiguar que les sucedía.

-"... ¿Todo bien hijos? ¿Qué les ocurre?..."

-"... Creo que se me cayó el chamaco en el camino padrecito..."

Dijo aliviada de que el padre estuviera ahí por la posible reacción de su marido, quien al escuchar eso la agarró del brazo y montaron sin saber como a la pobre mula a quien Severiano hizo correr a su capacidad por el camino de regreso tratando de vislumbrar el envoltorio donde estaba su hijo... sólo atinaba a decir...

-"... Ay Juanita, ¿No te dites cuenta mujer?... Bendito Dios... que esté bien mi escuincle..."

-"... Perdóname Severiano, Ay Virgencita, que mi chamaco esté bien..."

Su recorrido se volvía eterno tratando de ver entre los surcos por donde momentos antes habían pasado. No encontraban señal de él. Agudizaban el oído intentando escuchar el llanto de su hijo, pensando quizá que algún perro o coyote lo hubiera jalado fuera del camino, pero no… no había señal hasta ese momento de su retoño.

Juanita no dejaba de llorar desconsolada cuando Severiano gritó.

-"… Ahí está…"

Se veía un envoltorio hecho con un reboso, el calor del medio día comenzaba a sentirse y Severiano preocupado porque sabía del riesgo que había de que el niño muriera por "acaloramiento", como le decían. Se bajó corriendo de la mula y lo levantó, al destaparlo vio su carita con los ojitos cerrados y su corazón le dio un vuelco… sentía el pulso acelerado al límite cuando Juanita lo alcanzó y lloró más recio… el bebé despertó, miró a sus padres y sonrió antes de bostezar y volverse a dormir…

Regresaron al pueblo a tiempo para que el párroco bautizara a su hijo. Fue un caso muy sonado desde ese día en toda la región. Pero sobre todo parte de las historias familiares de toda la descendencia de Leopoldo, entre ellos José, quien pertenecía ya a la cuarta generación de ellos por parte de su madre.

Esa era de las historias favoritas de los hijos de Isabel y José. Sólo de imaginar cómo sería el mundo si algo malo le hubiera pasado a ese bebé, cuantas personas no habrían nacido.

El Viaje a Escobedo

Eran las seis y media de la mañana, aun no se veía la luz en el horizonte cuando empezaron a salir de su choza José y su familia. Pedrito iba dormido, María, inquieta como siempre atrapó un abejón con la mano y andaba feliz.

-"... ¡¡¡Mira apá!!! ¡Agarré un gusano de esos que andan volando junto a la ventana!..."

-"... Deja eso niña, te va a picar, ya súbete..."

-"... Mira apá, hay hartos gusanos tirados en la tierra con las patas pa´ arriba... No se pueden parar Apá, se los van a comer los pollos, ¿Vedá? ..."

José emprendió el viaje por un camino de terracería bastante maltratado por las lluvias de esos días, la camionetita, ya con sus años de trabajo encima se movía para todos lados y le rechinaba todo, pero no se veía que los quisiera dejar. Emprendieron el camino por un atajo de El Salto, entre parcelas y cruzando el vado del río de Huimilpan. Enfilaron después hacia Escolásticas en dirección a Pedro Escobedo, al tiempo que comenzaron a ver el amanecer. Iban hechos bola, para ese entonces ya María también iba dormida entre Isabel y José, mientras Pedrito iba en el regazo de su madre.

El camino que mas bien era una brecha llena de hoyos, llenos de agua de la lluvia, era muy accidentado, lo que volvía lento y tedioso el viaje. José iba confiado en lo que había aprendido de Don Bernabé para manejar y llevar segura a su familia, mientras Isabel se sentía muy segura de ir al resguardo de su marido.

-"... Mira vieja, dicen que este pueblo está sobre un cerro de cantera, y uno al que le dicen El Loco ya empezó a tallar la virgencita que te platiqué..."

-".. Ah ¿Es aquí donde dices que estaban haciendo una virgen de piedra?... Hay José, a ver si no los castiga la virgen si les queda mal o muy fea..."

-"… Cómo cres vieja, la virgencita solo puede agradecerles el favor por su monumento, y si lo hacen bonito hasta se puede dedicar todo el pueblo a hacer lo mismo para que salgan adelante. Imagínate, el pueblo de las vírgenes de piedra… si yo supiera yo me haría rico con eso…"

Siguieron su camino en dirección a Ajuchitlancito, pasaron junto al Hoyo del Diablo para poder entrar después por la Hacienda de Lira que era una belleza digna de ver, así que despertaron a los niños para que compartieran la experiencia.

-"…¡Qué bonito está aquí José!… miren hijos…"

-"… Si, esta es la Hacienda La Lira, creo que le patrón deja pasar por aquí a todos los que necesitamos ir a Pedro Escobedo… a ver si no han cambiado las cosas…"

Cruzaron sin novedad, llegaron a la iglesia de Pedro Escobedo antes de que comenzara la misa, muy a tiempo para poner la veladora en el altar y rezarle un padre nuestro.

Saliendo de misa fueron a recorrer el pueblo, a los niños lo que más les impresionaba era ver pasar tanto camión y tráilers por la carretera panamericana. Ese era un paso obligado para llevar mercancías a la Ciudad de México.

-"… ¡Mira Pedro! Esos camionsotes, mira Amá ¡Tan re grandotes! Y hacen tanto ruido, ay como me dan miedo..."

Fueron a una zapatería para comprarles sus zapatos a todos y unas botas a José.

-"…Esas te quedan re bonitas viejo, pero tan re caras ¿No? ¿O te prestó dinero el patrón?..."

-"… Me dio dinero pa´ que me mercara una botas dijo, que él me las invitaba por el favor de traerle la veladora a su difunta, y como ya cumplí pues yo digo que si me las compro…"

-"... ¡¡¡Viejo suato, de veras!!! Eso no se hace... a poco le vas a cobrar el favor a Don Berna si ha sido re güena gente con nosotros..."

-"... ¿No verdá?... eso pensé, pero como insistió... tienes razón Chaparra, no es justo, los favores no se cobran, por eso te tengo chula, pa´ que me enmiendes cuando meta la pata..."

-"... Pos si José, figúrate, que cada que el señor ocupe algo tenga que pagarte... no ta´ bien... yo digo..."

-"... Si Chaparra, tienes razón... Muchacha, solo cóbrame los de mis hijos y los de mi mujer... las botas no..."

-"... Pero antons ¿No te vas a mercar unos guaraches siquera?..."

-"... Ya sabes que mis guaraches los merco en Amealco Chaparrita..."... vamos a almorzar en lo que abren la veterinaria..."

Se fueron a comer unos tacos a la orilla de la carretera mientras los chiquillos seguían embelesados viendo pasar los camiones

-"...Apá ¿Podemos ir atrás de la camioneta cuando vaigas por las medecinas esas que dices?

-"... Si María, pero no vayan haciendo diabluras o se van a cai..."

Terminaron de almorzar unos deliciosos tacos de pancita de res con su salsa de chile de árbol bien picosa y unos refrescos Crush para mitigar el picor. Los niños no comieron mucho por la curiosidad de los camiones, pero Isabel fue por unos panes dulces para el camino y para llevar a casa, porque ella hacía pan de pulque, pero el pan dulce de Pedro Escobedo no lo tenía Don Felipe en su tienda en el pueblo, era diferente. Y lo diferente sabe rico.

Dieron las diez de la mañana y José se dirigió a la veterinaria a comprar las medicinas encargadas por Don Bernabé, que básicamente eran piedras de sal, desparasitantes tomados y selenio inyectado para que los borregos crecieran más sanos. Don Bernabé se preocupaba por tener animales perfectamente sanos, por eso y por la pureza de su raza es que podía venderlos caros. Llegó José a la veterinaria y se presentó con el doctor, le dijo de parte de quien iba y lo que le habían encargado.

El doctor muy amable lo atendió, haciendo que José se sintiera algo cohibido porque estaba acostumbrado a que generalmente a la gente del campo la hacían menos.

-"… Oiga Dotor, ¿Eso es lo mejor que tiene para los borregos? ¿Con eso no se van a enfermar? Es que yo también tengo algunos, criollitos verdá, y pos me gustaría que estén sanos porque luego les da el catarro y se enflacan y se mueren, o luego se chorrean y se enflacan y pos igual, entregan la salea…"

-"… Mire Don José, las piedras de sal tienen desparasitantes y minerales que son indispensables en la dieta de ovinos y caprinos, además de precipitar la entrada en celo de las borregas jóvenes, eso le garantiza que comiencen a producirle crías desde el medio año de edad. Yo por eso le recomiendo que no le falte en su corral nunca una piedra de sal, a libre acceso, solo protéjala de la lluvia porque se la desbarata y se desperdicia..."

-"… ¿Y cuál de éstas sería como para los míos dotor? ¿Cuál es la diferencia por colores? ..."

-"… Ah… Es que éstas de acá son para lo mismo, pero para vacas. Este medicamento Don José es un potente desparasitante tomado, para que no se le desarrollen parásitos en el estómago, pero sobre todo en el hígado, que es donde estos animales son más vulnerables, le voy a apuntar las dosis según el peso en esta receta…"

-"… Un favorzote dotor, escríbamelo bien clarito porque de por si no fui casi a la escuela y luego si hace las letras de dotor pos menos le voy a entender…"

-"… No se preocupe Don José, ahorita se la escribo con letra de molde para que no batalle. Este es selenio inyectado, Don Bernabé ya sabe la dosis, pero igual se la escribo aquí para por si tienen alguna duda…"

-"… Y eso pa´ que es dotor?..."

-"… Eso es para que no les dé el "engarrotamiento" que no es otra cosa que deficiencia de selenio en sus cuerpos y sufren de espasmos involuntarios sobre todo en extremidades, que los hacen sufrir mucho y los pueden llevar a la muerte…"

-"… Ta güeno dotor, me llevo dos piedras más para mi corral, y uno de esos "desparasitados", pero son menos de veinte animales. Y deme una sales de esas de engarrotao, pero cóbremelas todo esto aparte por favor, hágame nota aparte ¿Cuánto debo de todo?..."

José había cumplido el encargo de Don Bernabé casi por completo, sólo faltaba la gasolina. Así que fue por el último pedido de su patrón. Cargó todo como se lo pidió Don Bernabé, sin novedad y se dispuso a regresar a Huimilpan. A la pasada en una forrajera vio unas pacas de forraje y se orilló a preguntar.

-"… ¡¡¡Ora vale!!! ¿A cómo las de rastrojo? ..."

-"… Baratas amigo… baratas cuántas queres?..."

-"… Pos depende a cómo las des… yo creo que unas veinte…"

-"… Te las voy a poner baratas… oríllate bien pa irlas subiendo…"

José hizo muy buen trato con las pacas de rastrojo y su sonrisa lo delataba ante su mujer.

-"… Tas contento José… vienes muy alegre…"

-"… La mera verdá si vieja, acabo de agarrar una tratada muy güena, estas pacas las venden a más del doble en el pueblo… afigúrate si tuviera en que venir seguido lo que me ganaría en cada viaje…"

-"…Algún día José, Diosito te socorrerá y te alcanzará para mercarte una camionetita y podrás hacer todo lo que se te ocurra…"

-".. Si Chaparrita, algún día… cuando los borreguitos que tenemos rindan lo suficiente para venderlos y poder comprarnos hartas cosas…"

El trayecto de regreso fue más tardado, por la carga, pero los niños iban fascinados con los paisajes. Llegaron al pueblo como a las tres de la tarde entre el viaje pesado y las escalas para orinar o admirar algunos parajes, pero al fin llegaron.

Pasaron primero a su casa para descargar las pacas de forraje y los medicamentos extras que José había comprado, obviamente dejó también a la familia. Después se fue a la finca de Don Bernabé para reportarse.

-"… ¡Muchacho! ¿Cómo te fué? ¿Todo bien José?..."

-"… Patrón… la mera verdá no lo puedo crer, que yo haiga ido y venido de Pedro Escobedo y hacer los mandaos que me encargó usté sin regarla… Ante mi mujer me hacia el fuerte, pero llevaba yo las patas de hilacho de los nervios…"

-"… Eres muy listo José, de eso no me queda duda… pásame las medicinas muchacho… ¿Te compraste tus botas? ¿Están bonitas?..."

-"… De eso patrón le iba a hablar… lo estuve pensando mucho y lo platiqué con mi chaparra y estuvo de acuerdo conmigo de que no le podemos cobrar los favores si usté ya ha sido re güena gente con nosotros…"

-"… ¿Cómo? ¿Entonces no te compraste nada? Ay muchacho eres toda nobleza. No te preocupes, no lo hice como pago a un favor o servicio, lo hice porque me nació invitártelas… ahora para la otra vuelta yo voy contigo y si es necesario te las pongo a fuerzas muchacho carajo… jajajaja Está bien José. Gracias por ser tan honesto carajo…"

Don Bernabé le dio una palmada en el hombro y se fue a guardar las medicinas, enseguida regresó a ver a José.

-"... Patrón... yo le quería decir que... pos compré una pacas en Pedro Escobedo y pos ya las pasé a descargar... ah, y éste es su cambio, ya bajé los garrafones de gasolina a la bodega... en la receta viene las dosis y el precio en las cajas..."

-"... Qué bueno que aprovechaste la vuelta José, eso estuvo muy bien ya vete a descansar que te quiero mañana una hora más temprano para acabar antes, vamos a salir muchacho..."

-"... Sí patrón, como usté mande... lo veo mañana entonces... ah, le traje unos panecitos de Pedro Escobedo... tenga..."

-"... Gracias José, que detalle ¿Le echaste gasolina a la camioneta?..."

-" Si Patrón, la llené como me pidió..."

-"... Gracias José... descansa..."

José se subió a la camioneta y se fue a su casa. Los niños jugaban en las pacas, nunca habían tenido tantas. Isabel y José se sentaron a verlos jugar y más tarde cenaron en familia. Descansaron felices, esa vida sencilla era así, feliz. Esa noche El Zopilote no dio lata.

La Vuelta al Pueblito

José llegó muy puntual por Don Bernabé, estaba metiendo la camioneta cuando salió Don Bernabé abrigado con una chamarra café de piel con forro interno de lana aborregada en el cuello, traía su bastón, pero también una maletita negra bajo el brazo.

-"... Ya no la metas José, vámonos ya..."

-"... Ta güeno patrón... aquí lo espero..."

Don Bernabé cerró el zaguán y se subió a la camioneta. Enfilaron hacia Querétaro por la brecha de la Hacienda El Vegil, lentos, con frío, callados durante un buen rato. Don Bernabé rompió el silencio.

-"... En Querétaro hay mas carros que en Pedro Escobedo muchacho... ¿Cómo te sientes para manejar allá?..."

-"... Pos yo digo que bien Don Berna..."

-"... Bien José, eso es lo que esperaba escuchar de ti... si al menos cualquiera de mis hijos le hubiera dado por seguirme con todo y familia no andaría yo batallando, lo bueno es que tú te estás aplicando y puedo confiar en que me vas a apoyar cuando las fuerzas me falten José..."

-"... Sabe que si patrón, yo siempre taré pa ayudarlo en lo que se pueda... usté ha sido re güeno con nosotros, ya se lo he dicho y si a usté le faltan hijos como a mí me faltó padre pos ya nos haremos compañía en nuestros pesares... yo le he agarrao harto aprecio de adeveras..."

-"... Bueno José. ¿Qué fue de tu padre? Nunca me has platicado de él... ¿También se fue para Estados Unidos?..."

-"... No patrón, nunca lo conocí, dice mi madre que ni siquiera se enteró que nací, y que ella no le quiso dar lata y se regresó al pueblo en cuanto salió embarazada de mí. Ella trabajó en México cuando eso pasó y se regresó llorando porque dijo que ese hombre no era para ella y desde entonces no volvió a salir de aquí, luego nací yo..."

-"… Que barbaridad José, las historias que tiene la vida… fíjate, yo creyendo que tu papá estaba en Estados Unidos y que se había muerto. Pobre de tu mamá, la entiendo, el amor no siempre tiene final feliz…"

-"… Yo al principio lo extrañaba mucho cuando era niño, luego le agarré coraje cuando fui creciendo, pero terminé pensando que no era su culpa, porque nunca se enteró siquiera que yo venía al mundo, fue decisión de mi madrecita y pos tengo que respaldarla aunque me dolió por muchos años… y pos si, la vida es rara, yo por eso cuido mucho a mi familia, pa´ que a mis hijos nunca les falte padre… y a mi madrecita la adoro por eso, porque nunca me faltó como madre…"

-"… Que bien José, ojalá algún día la conozca, debe ser una gran mujer… oye José, y de estudios ¿Cómo le hiciste? Si no estudiaste mas que segundo, pero yo he visto que si sabes leer…"

-"… Pos me le pegué a uno de mis primos, el que después me enseño en la camioneta automática, hasta que aprendí, porque no me quería quedar burro y yo sabía que si no sabía ler o escribir y hacer números estaba fregado… así que aprendí con él, no se mucho pero le echo hartas ganas…"

-"… Cada vez me sorprendes mas José, si hubieras tenido las oportunidades serías un gran médico o licenciado, y vivirías en una gran ciudad ganando mucho dinero, eres muy vivo…"

-"… No patrón, yo no dejaría el estilo de vida que llevo, así soy feliz y mi familia es feliz, aunque yo hiciera dinero mis animalitos son mis animalitos. Mis hijos en el campo son felices y nuestra tranquilidad está aquí, aunque nos roben algunos borregos aquí no hay asaltos, ni cosas feas que hay en las ciudades cuando uno tiene que trabajar ahí…"

-"… Me impresionas cada vez más, reitero, que así hubieran sido mis hijos… pero no, les gustó más la vida en la ciudad, pero sobre todo lejos de mí, porque desde que Ovidia y yo vivíamos en la

Ciudad ya no nos visitaban. Ya nos tenían en el olvido, a su madre se la llevaron por compromiso, pero realmente no les vi mucha voluntad…"

-"… Patrón me da harta pena con usté, creo que la ha sufrido más usté que yo, mi vida es sencilla, yo solo extrañé a mi padre pero usté tiene a sus hijos y aun así no le dan felicidá…"

-"… Cosas de la vida muchacho… Oye José ¿Almorzaste?..."

-"… No patrón sólo una canela que me preparó mi Chata…"

-"… Pues vamos a almorzar José, … mira, en ese puesto venden unos tacos bien ricos. Oríllate…"

Se pararon a almorzar entrando al Pueblito, en la calle Colegio Militar y al terminar se fueron al centro a buscar un teléfono público. En cuanto encontraron uno, José se orilló para que su patrón pudiera hablar. Don Bernabé marcó y le contestaron del otro lado de la línea.

-"… Bueno…"

-"… Bueno, Lic. Aguirre… habla el Sr. del Rosillo, Bernabé del Rosillo, buenos días Licenciado…"

-"… Señor del Rosillo, Claro ¿Cómo está usted? Me pasaron su mensaje y ya tengo su encargo listo y esperando por usted…"

-"… Gracias Licenciado, no tenía forma de comunicarme y pedí de favor a un amigo que le hiciera la llamada para encargarle eso. Verá usted, yo no me he sentido muy bien de salud y el muchacho que me está ayudando no tiene mucha experiencia en la ciudad, será posible que me entregara en El Pueblito, que es donde estoy ahorita?..."

-"… Pero por supuesto señor del Rosillo, ahorita le mando el papeleo y el vehículo hasta su casa no se preocupe… ¿Es en Nopales, Huimilpan verdad?..."

-"... ¿Hasta mi casa? ¿No tiene inconveniente?..."

-"... Desde luego que no Señor del Rosillo, es usted muy formal y son parte de las atenciones que tenemos con clientes como usted que pagan de contado siempre... cuente con ello..."

-"... Bueno, ¿Cuándo sería eso?..."

-"... En cuatro horas están con usted señor del Rosillo... en la puerta de su casa..."

-"... Muchas gracias Licenciado Aguirre... entonces le liquido a su enviado... perfecto..."

-"... Si me hace favor Señor del Rosillo, van a ir en dos vehículos para regresarse en el otro. Y por cortesía le llevamos el suyo con tanque lleno y una reserva en garrafón de 10 litros adicionales..."

-"... Mil gracias Licenciado..."

Don Bernabé colgó y se le quedó viendo a José.

-"... Vámonos muchacho, nos acabamos de ahorrar la vuelta a Querétaro, esta carretera es bien peligrosa y así está mejor... Dale para la casa ya..."

-"... ¿Y eso Don Berna?..."

-"... Hace unos años mis hijos me pidieron que les regalara un carro nuevo y le compré dos Datsun al Licenciado Aguirre, gerente de la agencia donde compré ésta camionetita hace años, y se los pagué de contado. Ahora me tratan como un gran cliente, lo que no saben es que lo más probable es que por mi salud y mi edad sea el último que les compro..."

José no podía cerrar la boca de la impresión, Don Bernabé acababa de comprar un carro nuevo de agencia con solo una llamada. Y se lo iban a llevar hasta su casa...

-"… Sabes José… estoy seguro que esa fue la despedida de mis hijos, en realidad dudo que regresen algún día…"

-"… Usté no se preocupe patrón, no se ponga triste porque me voy a poner más triste yo también… mi familia y yo lo queremos mucho…"

Llegaron a la finca no sin antes pasar a dejar a la casa de José un kilo de carnitas que Don Bernabé compró en Apapátaro para Isabel y sus hijos.

Estaba José lavando la casa de los dóberman cuando pitaron afuera del zaguán, José abrió y entró una hermosa camioneta de redilas blanca, nuevecita, aún con plásticos en los asientos, seguida de un auto nuevo igual, blanco. A José se le iban los ojos emocionadísimo, además por alguna extraña razón veía, aunque lejana, abierta la posibilidad de que Don Bernabé le vendiera la camioneta viejita para él.

Salió Don Bernabé con su maletita negra bajo un brazo y el bastón en la otra. Quitaron una redila de la camioneta nueva y ahí empezaron a contar pacas de billetes hasta completar la cantidad que la factura decía. Se retiraron en el auto dejando esa belleza en el patio de la finca de Don Bernabé quien la revisaba por todos lados.

-"… Pues ya nos ahorraron la vuelta José, ¿Qué te parece?..."

-"… Está bien bonita patrón, no lo puedo crer…"

-"… Vente a tomar un trago José, vamos a celebrar…"

Don Berna prendió su puro y se dirigió a su casa, José lo siguió sin saber cómo reaccionar, fue una sorpresa inmensa lo que acababa de vivir al lado de Don Bernabé y no lo podía creer. José se tomó dos vasos de whisky con refresco y se despidió, ya era hora de comer y tenía que ir a su casa. Invitó a Don Bernabé, quien aceptó con mucho gusto. Se fueron en la camioneta viejita para no perder costumbre y José no encontraba las palabras para preguntarle qué haría con ella, ahogaba el grito en la garganta donde quería pedir que se la vendiera a él, aunque no tenía dinero para pagarle de contado y Don Bernabé era muy especial con el dinero.

Llegaron a comer al jacal de José, donde ya los esperaba Isabel con una sonrisa como siempre.

-"... Güenas tardes Don Berna, ya preparé la carnita que nos trajo con salsita verde de la que le gusta patrón, y hoy hice gordas de maíz prieto..."

-"... Ay Isabelita, tan buena mujer que eres, José se sacó la lotería contigo mujer... muchas gracias por tu gentileza, deja me voy a lavar las manos..."

-"... Si Don Berna, ya sabe dónde está el trapo pa´ secarse las manos..."

Comieron y se salieron al patio a platicar Don Bernabé y José. No tocaron ninguno de los dos el tema de la camioneta durante la comida.

-"... Están buenas las pacas que trajiste José, y me imagino que a buen precio..."

-"... Pues si patrón, la mera verdá si, aquí están a más del doble de precio... mire patrón, venga a ver mis borreguitos, ya me nacieron más... y me traje de Pedro Escobedo unas piedras de sal para echarles..."

-"... Que bonitos están tus animales José, no cabe duda que esto es lo tuyo muchacho... Oye José, si tu fueras yo... qué harías con esta camionetita viejita..."

-"... Cómo me pregunta eso patrón, me da pena decirle... pero la mera verdá si yo fuera usté la vendería, ¿Pa´ qué quiere otra si tiene una nuevecita?..."

José creyendo que abonaba para su cosecha trató de influenciar en la decisión de Don Bernabé, pensando que en un futuro próximo podría aspirar a ella... Aún sin dinero, en pagos, mientras le daba tiempo de vender sus borregos para pagársela.

Se retiraron a la finca y José terminó su jornada para regresar más tarde a su choza con su familia.

-"... A ver si no metí la pata Chabela..."

-"... ¿Porque viejo?..."

"... Le dije a Don Berna que vendiera la camionetita... pero no le he dicho que me la venda a mí..."

-"... Ay José, tan menso serás... ¿Cómo se te ocurre algo así? ¿Con qué se la pagaríamos viejo? ¿Y luego él en que se mueve? ..."

"... Ah es que se me olvidó decirte que hoy se compró una nuevecita... ni siquiera él se ha subido, y se la trajieron de la agencia de Querétaro hasta su casa, porque la pagó de a junto todo... antons yo dije, pos que me venda la otra, ya la manejo bien y me gustó, pero fiada, mientras vendo los borregos y se la pagamos de ahí... ¿O tú cómo ves chula?..."

-"...Me dejates con la boca abierta José, ora que se compró una camioneta nuevecita... ay que cosas, ¿Y si no te la quere vender?..."

-"... Mejor ya duérmete vieja, no sea que me eches la sal..."

La Forrajera

José llegó para iniciar su jornada ese día... hacía ya varios días que estaba ahí la camioneta nueva y no se había subido siquiera Don Bernabé, pero ese día desde que iba metiendo la camioneta que él traía se dio cuenta que la camioneta nueva estaba movida, no estaba donde la habían dejado los empleados de la agencia. Don Bernabé salió a recibir a José.

-"... José, buenos días muchacho..."

-"... Patrón, buenos días..."

-"... Oye José ven tantito, quiero platicar contigo... mira... Él es Ángel, nos va a ayudar ahora aquí en los corrales..."

-"... Güenos días Don José, soy Ángel, hijo de Armando Ibarra..."

-"... Güenos días Ángel, si te he visto... conozco a tu apá..."

-"... Y otra cosa José, van a venir a recoger la camioneta que traes... ya la vendí como sugeriste..."

Esa noticia le cayó como un balde de agua helada a José... quien cambiaba de color como camaleón asustado y se le trabó la lengua unos instantes, cuando por fin pudo hablar dijo...

-"... P... Pero patrón, yo había pensado que yo podría comprársela patrón, ya me había hallado con ella..."

-"... No José, no te la puedo vender, sería hacerte un daño venderte una carcacha... ya ves que ya te dio un susto el otro día..."

-"... Ta güeno patrón... usté sabe cómo hace las cosas y yo obedezco..."

-"... Quiero que organices mis borregos como tienes los tuyos José, me gustó como tienes a los tuyos de bonitos y eso que son criollitos, quiero que tu organices la reproducción de mis corrales, Ángel va a hacer lo que tu hacías y tú vas a ser su jefe ahora... te arreglé un espacio en la bodega con una mesa y varios cuadernos para que lleves los registros de los animales como tu dispongas…"

El pobre José ya no escuchaba bien de tanta emoción que le invadía.

-"… José, tú has trabajado ya muchos años para mí y has demostrado tu lealtad y tu compromiso con tu trabajo… eso lo valoro y por eso decidí darte un ascenso…"

Desde ese día José manejaría la producción y reproducción de los corrales de Don Bernabé…

Don Bernabé le pidió a José que le dijera si alguien tenía una bodega en el pueblo, pero nadie tenía.

-"… Oye José, ¿Cuánto me cobrarías por dejarme hacer una bodega en tu terreno?..."

-"… No patrón… ¿Cómo cre?... no puedo cobrarle, haga lo que usté ocupe… sabe que mi casa es de usté…"

-"… Gracias José, aquí están las medidas, hazme esa bodega con este plano en tu terreno, tú estás en la entrada del pueblo y yo hasta el fondo, así que en tu terreno hay más vista, consigue un maestro y unos dos o tres chalanes para que acaben pronto la obra y podamos llenarla rápido de mercancía. Ponte de acuerdo con un albañil y me dices cuánto dinero se ocupa para comenzar con la obra…"

-"… Lo que usté diga Don Berna…"

Ese día fueron por la camionetita poco antes de que José se fuera a comer, triste la vació y la lavó. Metió sus cosas a la bodeguita y resignado despidió a la camionetita con una "nalgada" en las redilas, cerró el zaguán y Don Bernabé, que había visto toda la acción ya estaba atrás de él.

-"… A mí también me pone triste José, pero no te iba a hacer batallar con una camioneta vieja…"

-"... Si patrón, entiendo..."

-"... Vete a comer José, nos vemos al rato..."

-"... Sí patrón, ya regreso..."

-"... Ánimo muchacho, sólo era una camioneta vieja..."

Se alejó pateando piedritas por el camino de tierra blanca en dirección al pueblo mientras una lágrima surcaba su mejilla. Pasó por su refresco a la tiendita de Doña Yola.

-"...Güeñas Doña Yola..."

-"... Güeñas José, ten tu refresco... ora no me has traído mis envases José y ya voy a encargar pedido... si puedes que no se te olviden mañana..."

-"... No Doña Yola, mañana se los traigo, ahí tengo la bolsa colgada en el huizache y ahora se me ha olvidao, ya tengo como seis..."

-"... Tas muy triste José... como si vieras recebido una mala noticia..."

-"... Es que hace rato se llevaron la camioneta Doña Yola, el patrón la vendió..."

-"...Viejo amargao... si vi que pasaron hace rato con ella y no te vi manejándola... viejo feo, que le costaba fiártela, pa´ que la trabajaras tú... no te digo, es mula el viejo..."

-"... No Doña Yolita, pos son sus cosas... él está en su derecho... ya me voy, tenga, seis pesos..."

Llegando a su casa abrazó a su mujer en cuando la vio, quien extrañada de verlo llegar a pie le inquirió:

-"... ¿Y ora? ¿Se te descompuso la camioneta viejo?..."

-"… No vieja, Don Berna la vendió… creo que metí la pata al decirle que la vendiera, porque no le dije que a mí…"

-"… Hay viejo tan bruto, naiden sabe pa´ quen trabaja… mira que la vendió pero a otro… ¡ah mi viejo tan mala suerte!… No te apures, ya tendrás pa´ otra mejorcita que esa… lávate las manos, orita te sirvo…"

Comió con la mirada perdida tratando de resignarse por su mal movimiento, total… nunca fue de él… regresó a la finca donde al entrar encontró a Don Bernabé recargado en la bardita blanca del corral grande, justo frente a la puertita del zaguán, esperándolo con una sonrisa misteriosa… con su puro encendido… en cuanto lo vio le hizo una seña para que se acercara.

-"… ¿Cómo te fue José?..."

-"… Bien patrón, le traje unos panecitos de pulque que hizo mi chaparra…"

-"…Oye José… ¿Como ves a Ángel? Tú que lo has visto trabajar ¿Qué te parece? ¿Crees que funcione aquí en los corrales?..."

-"… Pos yo creo que si patrón, se ve que es buen muchacho, no se le ven malas mañas y yo no he sabido que ande en la bolilla de güebones que se juntan en el jardín por las noches. Su papa Armando es un buen hombre, de respeto, y pos la mera verdá yo veo que si le echa ganas…"

-"… Bien José, veo que tienes visión para ser un buen patrón, a cualquier otro le hubieran ganado los celos y le habría aventado tierra a Ángel para que lo despidiera, en cambio tú me has hablado bien de él…"

-"… Pos pa´ que es más que la verdá patrón, si yo supiera que no es buena persona también se lo diría pa´ que no le haga confianza a quien no debe… pero éste muchacho es buena persona… agarró buen peón patrón…"

-“... Gracias José, no me decepcionas... oye muchacho... no sé cómo decírtelo... tengo dos noticias para ti... la primera es muy difícil porque te voy a extrañar mucho José, pero necesito que ya no trabajes para mí...”

José se agachó y no dijo nada, trataba de asimilar lo que estaba escuchando.

-“... Ta güeno patrón, no sé por qué pero como usté diga... yo lo respeto y usté sabe por qué hace las cosas...”

-“... La segunda cosa que tengo que decirte es que quiero que seas mi socio, si es que tú quieres y aceptas, en la granja... quiero que te hagas cargo de los animales como dueño aquí de los corrales, a medias pero dueño al fin... ¿Qué te parece?... José, desde hoy tu eres el encargado de la Granja Los Cipreses, que es como se llamará este lugar a partir de hoy...”

José emocionado lo abrazó... lloró mientras Don Bernabé lloró con él sin que José lo viera...

-“... Gracias patrón, no sé por qué hace esto pero toy bien agradecido, siento que no lo merezco pero usté sabe más que yo. Muchas gracias...”

-“... Oye José, una pregunta... tu ¿Qué provecho le habría sacado a la camionetita que querías que te vendiera?..”

-“... Pos yo toy bien bruto patrón, a lo mejor no toy bien pero yo compraría pacas y las vendería aquí, ya ve que luego se escasea la pastura pa´ los animales...”

-“... ¡Exacto! No estaba equivocado contigo, por eso urge que se haga la bodega, para poner una forrajera ahí, tú estás a la pasada y ahí se van a vender bien... Ten estos centavos para que empieces a contratar gente y compres material para empezar ya...”

-“... Si patrón... lo que usté decida, usté sabe lo que más conviene...”

-"... Por cierto, te tengo una sorpresa más..."

Don Bernabé sacó la mano de la chamarra de pana que traía y le mostró el llavero con las llaves de la camioneta nueva... desde hoy vas a traer la camioneta nueva... te la mereces muchacho..."

José guardó silencio, estaba pasmado, sin expresión, ido... no acertó a decir nada pero derramó unas lágrimas sin inmutarse...

-"... Y otra más, desde hoy, si tu aceptas, eres mi socio José también en la forrajera que quiero poner en tu terreno...Quiero que compartas conmigo el negocio de lo que tú mismo empezaste al traer pacas de Pedro Escobedo, me diste la idea..."

José no entendía que estaba pasando, de pronto se había sentido relegado, corrido, cambiado por otro empleado, expulsado casi de forma vergonzosa y sin la camionetita vieja que a él le hubiera gustado tener... ahora le estaba proponiendo ser socio de la granja, del negocio forrajero y por si fuera poco, con camioneta nueva... No pudo aguantar las lágrimas y se abalanzó sobre las manos de Don Bernabé y las besó arrodillado llorando sin control...

-"... Patrón, no sé qué decir, yo sólo soy un bruto trabajador suyo... de verdá gracias señor..."

-"... Te lo mereces José, eres respetuoso, honesto y muy trabajador, leal y honrado, por eso te quiero manejando mis negocios...necesito que aprendas bien..."

-"... Lo que usté diga Don Berna..."

-"... Quiero que aunque las fuerzas me fallen siempre estés tú ahí para que esto siga funcionando... toma las llaves y cuídala mucho, yo ya no la voy a manejar, sólo la agarré para estrenarla y ver que se sentía, pero ahora cuando necesite moverme te voy a pedir de favor que tú me lleves... José... escúchame bien... la camioneta es tuya, te la regalo por tantos años de servicio... En éstos días hay que ir a emplacarla... "

Ahí ya no pudo más y se derrumbó a los pies de Don Bernabé, llorando a moco fluido como niño chiquito, Don Bernabé ya no pudo ocultar su emoción y también lloró abiertamente mientras le entregaba una carpeta con los papeles de la camioneta cuya factura estaba a nombre de José.

-"... Vete a revisar los corrales José y apúrate con la construcción de la bodega, urge que se termine para empezar a acercar pacas y ponernos a trabajar..."

-"... Que Dios lo bendiga patrón, de verdad no era necesario... yo con que me la prestara para trabajar estaría contento... muchas gracias de verdad, no tengo como agradecerle..."

No dejaban de llorar ninguno de los dos y así llorando se despidieron... Don Bernabé se fue a su sala a tomar un whisky y José se fue a revisar los corrales y por la tarde se fue a su casa llorando de emoción, pero se fue caminando, no se atrevió a llevarse la camioneta por pena. Tampoco le quiso decir a su mujer para no emocionarla y decepcionarla después si estaba soñando todo lo que le sucedía.

A la mañana siguiente fue a buscar a Magdaleno un albañil de muy buena reputación en el pueblo. Le ofreció el trabajo y le dijo que consiguiera tres ayudantes para levantar la obra que le encargaron. Después se fue a ver a Guillermo el de la tienda de materiales de construcción para que le surtiera lo necesario desde ese día.

-"... Sólo el cemento y la cal voy a pasar diario yo porque si me llueve no tengo donde meterlo y se va a echar a perder, mejor yo paso aquí diario por los bultos que se ocupen cada día..."

Llegó casi a la una de la tarde a la finca de Don Bernabé directo a rendirle cuentas...

-"... Bien José, muy bien, si Dios quiere en menos de tres meses estaremos surtiendo para que nos vaya bien en fin de año... Vete a comer muchacho, por cierto, llévate la camioneta, no la compré para que esté aquí perdiendo el tiempo mientras tú andas caminando…"

-"… ¿Entonces no lo soñé patrón?..."

-"… Jajajaja canijo José, no como crees, yo siempre he tenido palabra y precisamente por eso fue que la compré, es para ti, ese fue el plan desde que la encargué al Licenciado Aguirre, desde que esa camioneta salió de la agencia ya venía a tu nombre José…"

-"… Es que… me cuesta trabajo patrón… de verdá…pero está bien, dije que le voy a hacer caso en todo porque usté sabe más…"

-"… Pues hazme caso y vete a comer…"

Se despidió casi besándole otra vez las manos a Don Bernabé y se fue en la nueva camioneta, aún con los plásticos en los asientos. Por costumbre pasó por su refresquito con Doña Yola.

-"… Güeñas José, ¿Me trais mis envases?..."

-"… No la amuele Doña Yolita, se me volvieron a olvidar pero ahorita se los traigo…"

-"… Bueno José, no que el viejo amargao vendió la camioneta y clarito ollí que se paró una allá ajuera cuando llegates…"

-"… Es la que traigo ora Doña Yolita… asómese pa´ que la vea… está re chula…"

Doña Yola no daba crédito a lo que sus ojos veían.

-"… Santo Dios José ¿El viejo amargado compró camioneta? Carajo suertudote José…"

-"… No Doñita, no es amargado mi patroncito… me acaba de regalar esta camioneta Doña Yolita, con los papeles a mi nombre, quesque por los años que le he trabajao… la mera verdá no he podido dejar de llorar de la emoción, deme mi refresco que ya me voy a comer, al rato le traigo sus envases…"

-"… No la refriegues José… ¿Con papeles y todo? Quen lo diría José… Eres un hombre bendito, Dios te quere y no miento, eso que te está pasado es porque te has portado bien muchacho… eres honrao y muy trabajador…"

-"… Ya me voy Doña Yolita… deje ir a llorar a mi casa con mi chaparra… porque además también me hizo socio de su negocio, ya no soy su empleado dice… y encima estoy empezando a construir una bodega en mi terreno por encargo de él y con dinero que me da pa´ materiales y pal maistro con sus chalanes, que pa poner una forrajera pa´ los dos, cómo no le voy agradecer a mi patrón…"

Doña Yola ya no tuvo palabras… se quedó muda con una mueca congelada, tiesa, ahí parada, sólo mirando… con la boca abierta a mas no poder y la mano en la cabeza… no daba crédito a lo que acababa de escuchar…

José se disponía a irse cuando Doña Yola reaccionó como si le hubiera dado un calambre en los pies y le dijo:

-"… Esto hay que celebrarlo José, el sábado te voy a hacer un molito pa´que cuando pases por tu refresco te eches un taco, aunque sea a la pasadita, ya sé que tu ora vas a ser un hombre muy ocupao, y pa´lo que veo, no dudo que el viejo amargao te herede todo su rancho así como va… sus hijos hace mucho no vienen y el hombre ya está grande. Cuídalo mucho José… yo sé lo que te digo… le caites bien…"

-"… Ay doña Yola, que cosas dice usté… tenga, del refresco…"

-"… Hoy no José, hoy yo te lo invito… Canijo José… Quen lo diría, el nuevo patrón… Ay Servanda tan taruga…"

-"… No Doña Yola, solo me invitó a trabajar con él, Pero el patrón sigue siendo él y lo será siempre…"

-"… Que noble eres muchacho… No toy equivocada… te lo mereces…"

José salió aun con los ojos húmedos de la emoción, no lograba dejar de llorar, miró al cielo agradecido y se subió a su nueva camioneta.

Llegó a su casa llorando de felicidad, no se bajaba de la camioneta, su mujer y sus hijos salieron a recibirlo impresionados por la camioneta nueva… no imaginaban la noticia que les esperaba.

-"… Apáaaa… Ta re bonita Apáaaa… ¿Ésta de quen es Apáaaa?..."

-"… José, ¿Qué te pasa?... ¡Sonso! ¿Machucates a Rubén con todo y burro? ¿Por eso chillas? ¿Qué tienes José?... ya viejo, dime… me tienes toda mortificada…"

José seguía sin decir palabra… la miró y abrió la puerta de la camioneta, bajó despacio y abrazó a su mujer y lloró más. Le susurró al oído:

-"… Me la regaló Chaparra… me la regaló…"

-"… ¿Que te regaló viejo?... No te entiendo…"

-"… Me la regaló por lo años de servicio… ya no trabajo para el patrón dice… quesque ahora soy su socio…"

En ese momento todo comenzó a tomar sentido para Isabel… muy lentamente las lágrimas empezaron a deslizarse sobre sus mejillas mientras su mirada continuaba buscando respuestas en los ojos de José, miraba uno y miraba otro y las respuestas no llegaban como ella esperaba…

-"… ¿Qué te regaló viejo?... ¿Quién?..."

-"…Don Bernabé, me regaló esta camioneta… con todo y papeles… dicen mi nombre donde dice propietario…"

-"... Viejo... yo no sé qué pensar... yo ni se ler... me estás vacilando ¿Verdá?...

-"... No vieja... siento que estoy soñando, siento que no es de a deveras esto..."

Para ese momento los niños llegaron con sus padres después de recorrer la camioneta alrededor y los abrazaron.

Abrazados se metieron a la casa a comer mientras José les explicaba como estuvieron las cosas. La felicidad no cabía en esa chocita de José. Por más que lo intentaban no podían asimilar aun las cosas.

-"... ¿Y que vamos a hacer José? Tengo miedo que el patrón se arrepienta y vamos a sentir re feo cuando nos quite su apoyo..."

-"... No sé vieja, y mañana empieza un albañil con la obra de la asesoria... el patrón merece todo después de esto... dice que somos socios..."

Isabel estaba impactada con las palabras de José... Tampoco ella lo podía creer.

-"... Oye José, te quería pedir algo pero no me atrevía..."

-"... Dime Chatita..."

-"... Pos la mera verdá yo te quería pedir desde hace ya munchos días que pal día de mi cumpliaños que nos llevaras a Amealco a mercar un reboso nuevo, y que nos tomáramos un retrato ajuera de la iglesia con los escuincles en los caballitos que tienen los retratistas de allí... primero pensé que nos jueramos en autobús pero ahora que tienes camioneta pos será más sencillo... o ¿Tú que piensas viejo? ¿Cres que se pueda o es muncho pedir?...".

El Mole

Tenía rato ya escuchando entre sueños el canto de su viejo gallo, pero no quería abrir los ojos, el frío afuera calaba fuerte y se filtraba por debajo de la puertita de madera y aunque tenían suficientes cobijas Pedrito estuvo pateando toda la noche descobijando a José que no pudo dormir como debía, estaba todo desvelado y friolento.

-"... José, José... ya tá cantando el gallo José..."

El no le quería contestar, pasó una noche nefasta y trataba de conciliar, aunque fuera unos minutos el sueño reparador que necesitaba para rendir su día lleno de actividades.

-"... A diantre de viejo... cómo duermes... ya es hora de que te pares, viejo, viejoooo... se te va a hacer tarde..."

-"... Chabela, tengo frío... Hoy es sábado ¿Me calientas agua pa´ echarme un baño?..."

-"... jajaja Se te enfriaron las patas viejo... si orita te pongo la olla..."

Se bañó a jicarazos titiritando de frío para que se le quitara el sueño y después de almorzar salió a revisar la construcción de la bodega, se puso de acuerdo con Magdaleno y se fue por los bultos de cemento del día.

-"... Guille, güenos días Guille, pásame el cemento y la cal de hoy, ya llegó Leno a darle a la obra..."

-"... Güenos días José, orita lo subo a la camioneta, no´ más quítale la redila... te rayates José, ya me enteré que la troquita no es del patrón sino tuya..."

-"... Pos si Guille, la mera verdá si me fue bien... por eso le tengo tanto cariño y gratitú a Don Berna..."

Una vez completada la carga regresó a su terreno para descargar el material y que Magdaleno se pusiera a trabajar.

A Isabel ya se le había hecho costumbre mandarle un platito de comida con tortillas recién hechas a Don Bernabé, ese día hizo huevito con chile guajillo, que a Don Bernabé le gustaba mucho, así que en cuanto José entro a la finca fue a llevarle para que almorzara.

-"… Patrón, güenos días. Aquí le traigo el almuerzo que le manda mi chaparra…"

-"… Buenos días José, pásale muchacho, acompáñame con un champurrado que hice para el bendito frío que está haciendo... ¿Cómo están los niños?.."

-"… Bien patrón, se quedaron hechos bola por el frío… a María le estoy haciendo ya su camita porque donde duerme ya no la aguanta…"

-"… ¿Cómo que donde duerme?... ¿Pues dónde duermes a tu chamaca José?

-"… Pos usté sabe que somos probes, y pos yo le acomodé unos guacales con cartones junto a mi cama porque desde que nació Pedrito ya no cupo ella en la cama. El problema es que ya los guacales se rompieron porque ya pesa más y ahora le voy a hacer su cama con unos tablones que Leno va a desocupar de las columnas que está colando en la bodega…"

-"… Me lleva el carajo, en eso no pensé… al hacerte socio dejaste de percibir un sueldo pero tampoco has recibido participación de las ventas porque no se ha vendido nada en estos días, creo que así no te convino la sociedad…"

-"… Pos la mera verdá la estamos pasando algo mal patrón pero tenía un guardadito y con eso hemos estao pasándola…"

-"… Pero si diario recibes para lo de la obra, para material y sueldos ¿No puedes agarrar de ahí José?..."

-"… No patrón, eso es su dinero y yo lo uso no más pa´ lo que es…"

-"… Muchacho carajo, no podía encontrar persona más honrada en este mundo… Mira, mañana vamos al Pueblito a hacer unos trámites que necesito y al regreso pasamos a comprarle una cama a esa niña, ya veremos mañana… Oye, que rico almuerzo, dile a Isabel que muchas gracias, ten, los platos de ayer y antier, ya están lavados, ahorita te lavo éste de una vez para que se los lleves…"

-"… Gracias patrón, usté me va a hacer llorar otra vez, es tan güena gente…"

-"… Ayúdale a Ángel a desparasitar a los animales del corral seis por favor José, ahorita los alcanzo, voy al baño y enseguida salgo… y chécale en los parideros, creo que tres borregas ya dieron cría…ahorita llevo agujas nuevas para la jeringa para que les pongas su dosis de selenio… y ve a ver a los perros, no te han visto en días y te extrañan, no se acostumbran muy bien a Ángel…"

-"… Si patrón…"

Salió a cumplir el encargo de Don Bernabé, pero primero pasó a la camioneta a dejar la bolsita de maya de las llamadas bolsas de mandado, donde traía los platitos de barro y las servilletas bordadas con coloridas flores y gran paciencia, que tenía que devolver a su mujer.

-"… Güenos días Ángel, oye ¿Ya les dites a los perros de comer?..."

-"… Güenos días Don José, la mera verdá no porque les tengo miedo, se ven bien malos y como que sintieron mi miedo y ora me train de encargo… me tengo que esperar a que Don Berna los encierre para poder entrar yo cuando llego…"

-"… ¡Virgen Santa! ve nomas el cagadero que tienen… no pos así como, si no los puedes atender porque les tienes miedo, ven acá, te voy a presentar con ellos pa´ que no te muerdan…"

-"… Les tengo miedo Don José…"

-"…¡Que miedo ni que la fregada chamaco! ¿Qué no ves que ellos son los que cuidan aquí? Si no juera por ellos ya la gavilla le hubiera vaciado los corrales al patrón… por eso debemos atenderlos bien, pa agradecerles que cuiden como se debe… ven"

-"… Ta güeno Don José pero no me los vaiga a soltar porque me comen vivo…"

-"… jajaja no´mbre… mira ven, aquí junto a mí, éste se llama Cachirulo y éste es Sebastián… no sé porque les puso así el patrón pero así se llaman…"

Apenas abrió la puerta José y los enormes dóberman olfatearon al muchacho que temblaba como gericalla. Los perros movieron lo que les quedaba de rabo en cuanto escucharon sus nombres y se fueron a corretear por ahí mientras José y Ángel les lavaban su casa y les acomodaban sus trastes de la comida y el agua. Adentro de ese cuartito apestaba realmente asqueroso pero no quedaba de otra.

-"… Mira Ángel, hay que echarle harta criolina pa´ desinfectar y pa´ que no apeste tanto… y se le lavaba bien con harta agua, todo se barre pa´ ajuera y listo, al servir la comida les hablas y solitos vienen… les cierras y listo, esto hay que hacerlo todos los días… lo que sacaste con la pala va en aquel tambo porque luego el patrón lo quema con un chorrito de gasolina… ¿Entendites? Si no entendites me preguntas y te guelvo a decir como…"

-"… Si Don José, gracias…"

- "… Ora vente pa´ acá porque vamos a desparasitar los borregos del seis… hay que rebajar la medecina y se las damos con aquella botella de vidrio que está en esa varilla, tráitela, casi todos pesan lo mismo tons vamos a darles igual a todos…"

Su día trascurrió sin novedades, medicaron, lavaron los bebederos y José metía las manos a la par de Ángel, no le importaba que ahora él era su jefe. Don Bernabé no dejaba de observar el comportamiento de José, estaba muy complacido con su desempeño.

Patrón, me voy a comer, ¿Encarga algo?..."

-"... Si José, ten éste dinero, pasa con Don Felipe y llévales unos refrescos y unos panes a los albañiles, diles que les encargo mucho que se apliquen para terminar pronto y entrégale a Leno este papel por favor, así cerrado..."

-"... Si patrón, como usté mande..."

-"... Y ten el sueldo de Leno y sus chalanes... hoy es día de raya..."

-"... Si patrón, gracias..."

-"... Y esto es para ti José... tú vas a seguir recibiendo una cantidad mientras empezamos a producir porque si no me va a dar vergüenza que vea la gente que te di camioneta y ni para comer tengas... eso no está bien... ya de por si hablan de mí que soy un tirano..."

-"... Patrón muchas gracias... de verdá muchas gracias... oiga, el lunes es el cumpliaños de mi Chaparra... y pos la mera verdá me gustaría llevarla a Amealco a mercar un rebozo y yo unos guaraches, estos que traigo ya train remiendo sobre remiendo... le quería pedir permiso para ir el lunes, ya ve que dijo que mañana vamos por gasolina, por mañana no se podría pero el lunes si me gustaría llevarla... ¿Usté que dice?..."

-"... ¿Su cumpleaños?... fíjate nada más... ¿Cuántos cumple José?..."

-"... Mañana cumple veintiséis y entra a los veintisiete patrón..."

-"... ¡Mañana! Pues hay que celebrárselo José, yo recibiendo diario almuerzo delicioso de esa noble mujer, ni modo que no pueda apoyarte con algo para que le celebres. Nos vamos temprano al Pueblito a hacer mis trámites y contratamos un conjunto para que venga a tocar, dile a Doña Tere que prepare un mole y un arroz para la hora de la comida y que mate unas diez gallinas. Le vas a celebrar a tu mujer como se debe muchacho…"

José estaba mudo escuchando todo eso, otra sorpresa de Don Bernabé que le resultaba tan difícil de entender… talvez era que se sentía demasiado solo el viejo y estaba tratando de hacerse de una familia… José no lo entendía y apenado quiso declinar el ofrecimiento.

-"… Pero patrón, eso debe ser mucho dinero… yo no podría pagárselo luego…"

-"… José, si no me permites participar de ese cumpleaños dejamos de ser amigos… entendiste…?

Ante tal sentencia no le quedó más que aceptar y tomándole las manos a Don Bernabé le agradeció.

-"… Nada, nada… no tienes nada que agradecer. Soy yo quien está muy agradecido con ella por todas sus atenciones…"

José se retiró de la finca y pasó a la tiendita de Doña Yola, quien se puso extrañamente feliz al verlo.

-"… Jushe, te tamos esperando pa´ celebrarte como quedamos, te hice un molito…"

-"… Ay Doña Yola, que pena, ya ni me acordaba y tengo que ir a pagarle a los albañiles y mi mujer me espera… no´mas pasé por no dejar, pero ando re ocupao…"

-"… ¿Apoco nos vas a dejar plantadas José? Te lo preparamos con mucho cariño mi´ja Servanda y yo muchacho… hasta unas cervecitas te mandé trair…"

-"… Ya sabe que yo no tomo Doña Yolita… le agradezco mucho… mire, voy a pagar su raya a Leno y sus muchachos y regreso, no tardo nada, deme mi refresquito por favor Doña… tenga, seis pesos ¿Verdá?…"

-"… Te güeno José, no nos vaigas a dejar plantadas con nuestra comida… te esperamos… aquí tienes el refresco…"

-"… No Doña Yola, horita regreso…"

José se fue por los refrescos a la tienda de Don Felipe, ya que Doña Yolanda no vendía "Tamaño Familiar" en su cáracterístico embase de vidrio. Después se dirigió a su casa para saldar el sueldo de los albañiles. Una vez realizado el encargo de Don Bernabé con el papelito doblado para Leno, los albañiles se retiraron agradeciendo los refrescos y José se fue a su choza donde su mujer lo esperaba en la puerta.

-"… Ya vine vieja… ¿Cómo tas?..."

-"… ¿Cómo que cómo toy? ¿Pos que no me ves?... andas raro José… algo trais…"

-"… La mera verdá si Chabela… me tas esperando pa´ comer y no hayo como decirte que me acaba de invitar Doña Yola a comer, que pos pa festejarme lo de la camioneta, ya me había dicho desde el otro día pero se me olvidó que era hoy… horita a la pasada me arrecordó y le dije que venía a pagar y horita resolvía… ¿Queres que vayamos a comer con ella?..."

-"… No José, la mera verdá no me caí muy bien Doña Yola y tampoco vamos a llevar nuestros escuincles todos mugrositos como andan, de aquí a que los baño ya se hizo más tarde… vete a comer tú y nos vemos al rato pa, echar una platicada…"

José se moría de ganas de contarle lo de Don Bernabé, pero no podía romper la sorpresa…

-"… Gracias Chaparra… tons horita vengo… deja ir…"

Se subió a su camioneta y se fue a la casa de Doña Yolanda, quien ya lo esperaba con la puerta abierta para que guardara la camioneta dentro para evitar que los chamacos traviesos de sus vecinas le rayaran la pintura. José saludó a Servanda al bajar. Ella iba muy arreglada, hasta se había enchinado las pestañas y se había puesto colorete en los cachetes.

-"… Güenas Servandita…"

-"… Güenas tardes Jushe…

-"… Pos ya vine Servandita… "

-"… Pásale Jushe, mi Má ya va a servir, está calentando las tortillitas…"

-"… Si Servandita… Gracias, nunca había entrado a la casa de tu Má, tá re grandota y desde ajuera ni se ve…"

-"… Siéntate José, horita te sirve Servanda, a ver si te gusta el molito…"

-"… Si Doña Yola, gracias…"

Servanda le sirvió un generoso plato de arroz con una pierna de pollo con todo y muslo, bañada en un delicioso mole hecho en casa por su mamá, a José, molero por buena costumbre, se le hizo agua la boca y recibió con gran sonrisa zendo agasajo en su honor. Se quitó su sombrero y lo puso por un lado de la silla.

-"… Má, ¿Me das mole?..."

-"… Si Toñito, horita te sirvo, traile una cerveza a Jushe pa´ que acompañe su comida…"

-"… Gracias Servandita… veras… yo no tomo… mejor véndeme un refresquito de mandarina de los que vende tu amá… si me haces favor…"

-"… Jushe, ¿A poco me vas a despreciar una cervecita que yo misma te juí a trai…"

-"... Ay Servandita, me da harta pena, pero ta güeno, sólo por eso me la voy a tomar, al cabo que tanto es una... ¿Verdá?..."

-"... Por eso te digo Jushe... es más... pa´que no vaigas a pensar que te dejo solo yo te acompaño con otra... Salú Jushe"

José nervioso se tallaba las palmas de las manos en las piernas para secarse el sudor que la ansiedad le ocasionaba por estar en una situación donde se sentía incómodo.

-"... Pos salú Servandita... Doña Yola, éste mole tá re güeno... tiene muy güena mano pa´ hacerlo... había de hacer pa´ vender..."

-"... Deja les sirvo a mis escuincles Jushe... horita me vengo a sentar contigo pa´ acompañarte..."

-"... Si Servandita, pierde cuidao, yo de aquí no me voy mientras mi plato tenga este mole tan rico... y el arroz está bien esponjadito Servandita... ¿Ese también lo hizo tu amá?..."

-"... Ese lo hice yo Jushe, pero jué mi amá la que me enseñó a hacerlo, así que es como si lo hubiera hecho ella..."

-"... Pos te quedó re güeno también Servandita..."

-"... Ay Jushe, me vas a chiviar... Tengan hijos siéntense a comer..."

José comió disfrutando cada bocado... en verdad era fanático del mole... y esa mezcla de sabor con la cerveza no se la esperaba... era delicioso... se engolosinó y aceptó sin remilgar otra cerveza... se puso jocoso y simplón, y le entró a la tercera sin chistar. Servanda también iba recio con las cervezas... se sentó junto a él en una pose ciertamente seductora, tratando de llamar su atención como mujer... él siempre le había gustado, y ahora con el castigo de la soledad, al irse su marido a Estados Unidos, sus necesidades de mujer le urgían a la conquista de quien tanto le atraía...y ahora con camioneta nueva y por consejo de su mamá, con mayor razón. Los niños comieron rápido y se fueron a jugar al patio... Doña Yola se fue a arrullar al bebé que se había despertado y lloró… Servanda tenía todo a su favor para tomar la iniciativa.

-"… Jushe, a ver ponte tu sombrero, es que con ese sombrero te ves re bien Jushe…"

-"… Gracias Servandita…"

-"… Te luce mucho Jushe…"

-"… Gracias Servandita…"

Los nervios lo hicieron sudar más aun, trató de replegarse sin mucho éxito.

-"… Te hace ver muy guapo Jushe…"

-"… Gracias Servandita… Verás… ya me voy…Ya es tarde y luego… que vaiga a pensar tu má…"

-"… Mi amá no piensa nada Jushe… ella sabe que me cais re bien… siempre me has caido re bien Jushe…"

-"… Pero Servandita… yo tengo mujer y tú también tas casada…"

-"… Si Jushe, pero toy sola… ya sabes eso… y pos yo… pos yo… tu sabes…"

José se levantó con la intención de retirarse, pero por la falta de costumbre las tres cervezas en su cuerpo se multiplicaron a una docena haciendo que se mareara más al levantarse y trastabilló… Servanda, más acostumbrada y por su volumen las cervezas sólo la pusieron más intensa en sus pretensiones carnales. Al pasar José frente a una puerta Servanda lo jaló y lo metió a una habitación donde lo lanzó sobre una cama.

-"… Jushe, así no puedes manejar, te ves bien mareado y puedes chocar… ¿Te gustaría chocar tu camioneta nueva? ¿Qué cres que va a pensar Don Berna si ve que la chocates por tomar? Yo pienso que lo mejor es que te recuestes un ratito, horita te vas…"

-"… Pero es que, pos si, si tienes razón, pero yo … hay Dios estoy bien mareado, por eso no me gusta la tomadera…"

Servanda aprovechó la situación para levantarse ligeramente la falda y montarse sobre José quien con cara de pánico la miró tratando de replicar, cosa que no pudo por la presión que la abundante mujer ejercía sobre él. Se le acercó a la cara y lo besó en la boca… José trató de esquivarla, pero inmediatamente pensó que se vería poco varonil sacarle la vuelta así de manera tan cobarde a una mujer y se envalentonó, la empujó como pudo y le dijo:

-"…¡Servandita! Esto no está bien… ¿Qué va a decir tu amá?..."

-"… Ella no va a venir pa´ acá Jushe… tá cuidando a mi bebé y siempre le gana el sueño antes que al bebé…"

-"… Pero es que, es que Servandita… no está bien…"

-"… Jushe, yo te quero mucho… tu me gustas de a bola… ¿ Yo no te gusto ni tantito? ¿Es porque toy gorda?..."

-"… N… no… no Servandita, no es eso, es que yo digo que esto no tá bien… capaz que a luego nos arrepentimos…"

-"… Pos yo no pienso decirle a naiden Jushe… ¿Y tú?"

José sudaba copiosamente mientras ella le hablaba al oído jadeando, cosa que en teoría debía poner a José listo para el amorío, pero entre su integridad y el sobrepeso de la rústica damisela no atinaba a sentir otra cosa que unas terribles ganas de salir corriendo en cuanto tuviera oportunidad.

Al ver frustrados sus intentos por agradarle a José, Servanda renunció a sus intenciones y se levantó. En ese momento José sintió el único placer autentico con esa mujer: el sentirse liberado de tal opresión a la que fue sometido. Servanda lo miró y comenzó a llorar.

-"… Perdóname Jushe, no era mi intención… bueno si era.. pero ya pude darme cuenta que yo no te gusto, y bien dice mi má, tu no eres como los demás hombres. Cualquier otro ya se hubiera aprovechao… y tu tan respetuoso y tan derecho conmigo… Toy re chiviada contigo Jushe..."

-"… Ay Servandita… no chilles… mira… pos la mera verdá es que tu no me disgustas nada, pero no puedo hacerle esto a mi chaparra, ella confía en mi Servandita… y pos yo es lo que tengo, mi familia es todo pá mi…"

El se acercó lentamente a ella y le secó el llanto con su paño rojo, le acarició las mejillas, la miró fijamente y le dio un beso en la mejilla izquierda.

-"… Servandita, esto no debe suceder jamás, por la virgencita que casi me dejo llevar pero no tá bien… yo te doy las gracias por tus intenciones pero yo digo que no Servandita, te tengo cariño y respeto pero yo pienso que lo mejor es que no vuelva a pasar nada de esto…"

Servanda asintió sumamente apenada y José salió hacia su camioneta. Quizá por la situación recién experimentada fue que se le bajó la leve ebriedad que sentía y pudo manejar sin problemas a su casa donde ya lo esperaban bajo el eucalipto su mujer y sus hijos.

-… ¿Cómo te jué José?..."

-"… Bien Chaparra, deja lavo la camioneta que ta toda entierrada y vaiga a decir el patrón que soy re chongo mañana que la vea…"

-"… Apáaaa… ¿Ti ayudamos a lavar las ruedas apáaaa?..."

-"… Si María, pero traite una cubeta aparte pa´no enpuercar la que yo ocupo…"

-"… Oye José… ¿Si te dio permiso el patrón de que nos llevaras el lunes a Amealco?..."

-"… Ah si es cierto Chabela, ya ni me acordaba de un encargo que me hizo. Deja me apuro para alcanzar si no, no va a estar a tiempo…"

-"… ¿Estar a tiempo qué José?... Güeno, tu te entiendes, no vaigas a pensar que soy metiche en tus asuntos…"

-"… Haces bien Chabela, es un encargo del patrón y no debo contarlo…"

Después de lavar la camioneta se fue a ver a Doña Tere que se encargaría del mole, el arroz y el pollo.

-"… Diez gallinas queres José… yo diría que mejor te echo diez pollotes de esos tiernos hijo, Pa´ que no quedes mal, las gallinas que tengo ya tan viejas y la carne te va a salir curriosa. Luego te van a ver feo tus invitados y tu vas a pensar que yo te vendí cosa mala… mejor te echo pollotes gordos velos bien, tan re chulos…"

-"… ¿Usté cree Doña Tere? Por como usté vea, yo confío en usté… ¿Y cúanto sería de centavos Doña Tere?..."

-"… Pos mira José, sólo págame los pollos y el mole, la cazuela de arroz yo se la mando a tu mujer como regalo por su cumpliaños, es el primero que le festejas dices…"

-"… Muchas gracias Doña Tere, es re güena gente usté…Tenga los centavitos, paso mañana a la una pa´que me los tenga listos…"

Se fue enseguida a visitar a su madre para invitarla a la reunión. Ernestina, su madre, casi nunca salía de su casa, pues desde su juventud tuvo que enfrentarse a ser madre soltera, cosa muy penada por la sociedad en aquellos años, sobre todo en zonas rurales, así que casi básicamente se recluyó de por vida en su casa y muy rara vez se le podía ver en la calle, casi siempre cubierta hasta la cabeza con su rebozo y como José le acercaba todo desde niño, sólo salía en emergencias a comprar algo a la tienda de Don Felipe o para la misa de 7 los domingos.

-"… Pero hijo, tu sabes que yo ni salgo…"

-"… Amá, es el primer cumpliaños que se le va a celebrar a Isabelita, usté sabe amá lo mal que la hemos pasado y nunca le he podido comprar ni un pastel, y pos ora el patrón nos está apoyando retearto y hasta me dijo que se ofendía si no aceptaba yo su apoyo, que me quere como un hijo casi, ya hasta me hizo socio, Amá…"

-"… Ay hijito, Diosito te está premiando por ser tan güeno. Mira, cuando yo viví en la ciudad de México la señora me enseñó a hacer pasteles, porque siempre le hacía uno de chocolate a sus hijos en sus cumpleaños, le voy a hacer aunque sea uno chiquito para que tu mujer vea cuanto la quero…"

-"… Gracias Amá, le va a dar harto gusto. Pos ya me voy porque tengo que ir a otros lados Amá…"

-"… Si hijo, te acompaño a la salida. Dios bendito ¿De quen será esa camioneta tan bonita que está aquí ajuera?..."

-"… Amá, se me olvidó decirle que me la regaló el patrón, que por mis años de servicio… ¿Verdá que está re chula?... hasta me hizo chillar cuando me la regaló Amá… Amá, ¿Ora está chillando usté?... no Amá…no chiille…"

-"… Es que me dio sentimiento que aiga gente tan güena en el mundo hijo…"

La abrazó y le pidió la bendición como siempre, él le dio un beso en la frente y se alejó en la camioneta mientras ella se quedaba llorando emocionada en la puerta de su casa.

Fue a visitar a sus suegros, quienes vivían con su otra hija, Ana, en el pueblito vecino de Nopales, La Haciendilla. Fue a verlos para ponerlos al tanto de la sorpresa y avisarles que no fueran a faltar al cumpleaños. Ellos no podían creer cuando les contó lo de la camioneta y estaban felices. Siempre lo apreciaron mucho por ser buen hombre. Su suegra, Doña María, presumía que su hija se había casado con el mejor hombre de todo Nopales, cada que lo veía se deshacía en atenciones con él: lo recibía con un vaso de agua, le ofrecía de comer, le traía al patio una silla de madera tejida con tule seco para que se sentara bajo la sombra del enorme mezquite que tenía en su patio.

Don Reveriano, el papá de Isabel se dedicaba al pulque, por eso ella desde muy chica había aprendido a hacer pan de pulque. Y a pesar de que él sabía que José no tomaba, siempre le ofrecía un enorme jarro de barro de un litro rebozando de espumoso pulque, con la esperanza de que algún día le aceptara y le diera su punto de vista sobre su producción. Y es que el ego de los pulqueros es muy especial y les agrada mucho que les digan que ellos hacen el mejor pulque del mundo. Como José siempre lo rechazaba cortésmente, ya ni insistía y casi de manera mecánica se empinaba él el enorme jarro libando con entusiasmo. A José siempre le cayó en gracia cómo su suegro terminaba su primer trago con los bigotes canosos todos embadurnados de espuma de pulque y Doña María le recriminaba…

-"… Ay viejo mondao… ya te vas a empulcar… luego hay andas todo hediondo a caca y así me queres besar…"

-"… Ni sueñes Vieja, que hace como unos diez años que no nos damos un beso… jajajaja…"

-"… Pos yo decía, quen quita y se le olvida y me besa ya andando jeringo… jajaj ay viejillo jodido, pero se te olvida pura fregada… ya ni pidiéndole al santito que te acuerdes de ésta tu vieja… ¿Cómo lo ves José?... Aprende a José, Reveriano, él sí que consiente a nuestra hija…jajaja…"

-"… Pos yo ya me voy, antons los esperamos mañana después de las dos de la tarde ¿Si saben llegar bien al ranchito del patrón verdá?

-"… Si José, pierde cuidao, mañana ensillo la mula y llegamos a tiempo pa'la comida…"

José se fue muy divertido y satisfecho de su visita, siempre era un folclore visitar a sus suegros que se la pasaban echando relajo entre ellos. Quizá por esa razón Isabel era tan buena mujer.

El Charro Negro

Ya era tarde cuando José regresó a su chocita, sus niños ya se habían acostado, pero no se habían dormido aún.

-"... Apáaa... nos cuentas un cuento de tu águelo?..."

-"... Si María, deja me acuesto y ahorita se los cuento ¿Le echaron zacate a los borregos?..."

-"... Si Apáaa... mi Má nos ayudó porque ora estaba re pesada la paca y Pedro quedó atrapadillo cuando le rodó... jajaja se veía re chistoso que parecía que los ojos se le iban a salir y mi Má me dio un coscorrón por estarme riendo en lugar de quitarle la paca, pero yo no aguantaba la risa Apá... jajaja ¿Verdá que tu no me vas a dar coscorrones por eso Apá?..."

-"... No María..."

-"... ¿Ya vites? Sonso... tu diciendo que me ibas a acusar con mi Pá..."

-"... No María, yo no te voy a dar de coscorrones... yo te voy a dar con el cinto, chamaca fregada ¿Qué tal si se le salen las tripas por los ojos a tu hermano?..."

-"... No le pegues Apá... si no con sus chillidos no me va a dejar escuchar la historia de las que contaba tu Agüelo, además, con el apachurrón solo se me salieron tres pedos pero mis ojitos tan bien Apá..."

Todos estallaron en risa y José se dispuso a contar la historia Del Charro Negro de Carrillo...

-"... Cuentan las abuelas más viejas..."

-"... y los Agüelos Apá..."

-"... Si, y los Abuelos también... Bueno, cuentan que hace muchos años, muchos, en verdá muchos, había una hacienda en la orilla del pueblito de Carrillo, allá en Querétaro. En la puerta por donde entraban los patrones había dos pilares, encima de cada pilar había un mono de fierro en forma de perro, de esos feos. Hasta decían que eran del mal, daban miedo en verdá, todos negros, todos feos…"

José lo contaba de tal forma que María de un salto estaba sobre de ellos en su cama y acabaron todos encimados por el miedo que les causaba mientras él se divertía cambiando la entonación de su voz, hasta Isabel temblaba de repente.

-"… Ay viejo, ¿Tu cres que si será de verdá eso que dicen?..."

El le daba un beso en la frente y seguía narrando

-"… Pues justo al llegar la media noche, que es la hora que dicen salen las almas a penar… ¡¡¡Salía un charro negro en su caballo negro con su látigo negro y su sombrero todo negro también!!!!..."

-"… ¡¡¡Ave María Purísima!!! ¡Qué cosa tan fea!... Diosito nos proteja de algo así…"

Para ese momento que Isabel se puso a rezar María ya estaba agazapada entre las almohadas y enroscada a Pedrito.

-"… Y El Charro Negro salía corriendo de esa puerta toda fea y se iba por las callecitas del pueblo en busca de borrachitos que anduvieran trasnochándose mientras las patas de su caballo sacaban chispas cada paso que daban…"

Los niños temblaban y tartamudeaban al hablar mientras Isabel no atinaba a decir ni una palabra más mientras rezaba el rosario en silencio.

-"… Yo… Yo por eso nun…nunca voy a ser borrachito Apá… ¿Vedá que n.. no María?…"

-"… N… No tú… ni yo ta tampoco… aaaah … pero si ya te miates como si lo fueras…. Jajaja… Amá… Pedrito ya se mió del susto... jajaja…"

-"… Ya no les cuento nada, ve no´mas Pedrito, ya fregates la dormidera… ora como vamos a dormir en la cama toda miada. Esto si se puso de a tiro chivato, con el frío que ta´ haciendo…"

-"… Viejo, mejor ya no cuentes nada de eso, que tal si lo invocas y se viene hasta acá el mono ese que dices… la mera verdá ya me dió harto miedo…"

-"… ¿Ya no queren saber qué pasó?..."

-"… Siiiii…"

-"… Güeno, sólo porque lo tan pidiendo, ay va… cuando El Charro Negro se hallaba con un borrachito en la calle, zumbaba su látigo por el aigre y le daba por el lomo. En las noches más oscuras no´ más se oían los gritos del prójimo que tenía la mala suerte de encontrarse con el… Le gritaba con voz de demonio que se largara a su casa y que no anduviera de borrachote en la calle, que no se gastara el dinero de sus hijos en la tomadera…"

-"… Pos así quen no José, hasta yo dejaría la tomadera si juera borracho y se me aparece el diablo así…"

-"… Apaaa, tenemos miedo de a bola pero queremos saber qué más pasó…"

-"… Pos que en muchas casas le tenían altares al Charro Negro por haber hecho que sus viejos dejaran la tomadera y hasta le prendían veladoras…"

-"… ¿Antons era güeno José?... A mí si me dio harto miedo…"

-"… Pos mira chaparra, nadie que lo haya visto en persona está vivo ya, hace tanto que pasó esto que ya se fueron muriendo de viejitos todos… Pero es lo que cuentan los abuelos…pero gracias a eso yo no tomo ¡¡¡Afigúrense que me sale y me chicotea!!!…"

José volteó a verlos con una expresión desencajada y ante su grito los niños pegaron un grito asustados, después se cobijaron hasta la cabeza y su madre los abrazó.

José soltó una carcajada y se acomodó como pudo en la orilla de la cama, medio descobijado, dispuesto a pagar el precio de haber contado una historia de sustos.

Ya entrada la madrugada El Zopilote, a quien ya soltaban en la noche para que cuidara mejor la propiedad, atrapó a un conejo y traía una chilladera el animal que el pobre José sobresaltado perdió noción de que estaba en la orilla de la cama rodando todo asustado por el suelo de su pequeño cuarto tratando de mirar en la oscuridad sin entender de que se trataba. Con el antecedente de la historia recién contada del Charro Negro, José estaba realmente asustado. Isabel estaba tan profundamente dormida que ni se enteró de lo que pasaba y sus hijos solo se acomodaron en su cama sin despertar.

Cuando por fin logró reponerse del susto se asomó por la ventanita, con la luz del foquito pudo darse cuenta de lo que sucedía en el patio con el perro y se tranquilizó, se rió sin hacer mucho ruido, y se sintió apenado de cómo ahora el asustado resultó ser él y con cierto alivio de que no se dieran cuenta sus hijos y su mujer. Esta vez buscó agazaparse a dormir en el camastro de su hija para poder madrugar a la cita con Don Bernabé.

La noche transcurrió sin novedad. Los grillos, como casi todas las noches, se encargaron de amenizar junto con alguna ranita despistada que croaba a contratiempo y sin compás.

A lo lejos, detrás del cerro del Cimatario, se veía el fulgor de una ciudad en proceso de crecimiento, que sin estar peleada con su historia y tradición apuntaba para ser, en un futuro no muy lejano, un punto turístico importante de nuestro bello país. Querétaro, la siempre bella Ciudad de Querétaro.

El Pastel

José sintió una aguda punzada en la espalda y se despertó con una mueca de fastidio por el dolor, solo para descubrir que por la noche tronó los huacales de madera con los que estaba hecho el improvisado camastro donde dormía su hijita María. Había caído tan cansado la noche anterior después del cuento a sus hijos que nunca se enteró de lo que pasó ni cómo terminó a ras de suelo.

Sus hijos y su mujer se quedaron durmiendo mientras él se preparó un té de canela para el frío. Ya había aprendido a checar los niveles de agua y aceite por recomendación de Don Bernabé y cuando hacía demasiado frio le quitaba el filtro del aire y le ponía un chorrito de gasolina directa al carburador para que no batallara al arrancar el motorcito, que, si bien era nuevo, había que cuidarlo demasiado para prolongar su funcionamiento. Se subía, le jalaba el "ahogador" que no era otra cosa más que un "chicote" junto al freno de mano a la derecha del volante y que activaba un pequeño "papalote" dentro del carburador para forzar la aspiración de gasolina al arrancar.

Él repetía esta rutina cada vez que se veía en la necesidad de madrugar, como ese día. Calentó motor unos diez minutos y prendió sus luces para salir hacia la casa de Don Bernabé, quien ya lo esperaba con la maletita que lo acompañaba cuando salía así.

-"… José buenos días…"

-"… Güenos Don Berna… ¿Cómo le va con el frío?..."

-"… Bien José, ya son muchos años aquí y francamente ya me acostumbré…"

-"…Oiga patrón… ¿Y cómo fue que terminó llegando a éste ranchito tan olvidado? Digo… no se vaiga a ofender por meticharme…"

-"… Ay José, es una larga historia, pero te la voy a contar porque aún falta para llegar al Pueblito. Mira muchacho, tu conoces a tu mujer desde siempre y decidiste hacer vida con ella. Yo no elegí así.

En La Ciudad de México, mientras estudiaba, las chicas siempre me rechazaron porque estaba yo todo enclenque, flaco pues, para que me entiendas muchacho… y como mi familia tenía dinero, pues mas de una quiso pasarse de lista para ver que me sacaba, pero siempre las descubrí que andaban conmigo por interés…"

José escuchaba con mucho respeto e interés, y aunque algunas palabras no las entendía, no se atrevía a preguntar para no interrumpir.

-"… Hubo una muchachita que siempre me rechazó, por más que le rogué, pero nunca me engañó; simplemente yo no era de su interés y siempre me lo dijo sin humillarme como las otras... Después, hace más de treinta años, estando de visita en casa de mi Tía conocí a una mujer que me prendó el corazón, fue algo instantáneo, no supe ni cómo pasó, y fue algo muto, ella me miró de la misma forma que yo a ella y supe que ella sería el amor de mi vida…"

-"… Que bonito patrón…"

-"… Recuerda que ya no soy tu patrón José, somos socios…

-"… Ta güeno Don Berna, es que me emocioné porque hasta parece historia de cuento…"

-"… Así es muchacho, nuestra historia fue como de cuentos de hadas porque cuando nadie nos miraba la invité a salir y aceptó, quedamos de vernos en el parque de la colonia donde vivía mi tía para invitarle una malteada, y así nos vimos… la fuente de sodas donde la llevé era muy popular y mi hermana pasó con mis primas y nos vio… se burlaron de mí y se fueron riendo. Ella lloró en silencio y yo me llené de coraje para defenderla de quien fuera necesario, por primera vez en la vida me pude sentir que alguien me quería y estaba dispuesto a dar todo por ella…"

-"… Asté es re güena gente Don Berna…"

-"… Sólo era un muchacho enamorado José…"

-"…¿Era Doña Wera esa muchacha Don Berna?..."

-"… Lamentablemente no José… salimos dos veces y a la tercera cita ya no llegó. Después me enteré que mi Tía la corrió de la casa y yo ya no tuve dónde localizarla. Lo único que supe fue que era de un pueblito de Huimilpan y nada más, ni siquiera sus apellidos tuve el tino de preguntarle José, eso para mí fue un golpe muy doloroso… Jamás se lo perdoné a mi tía y se lo recriminé hasta el día de su muerte…"

-"… Pero entonces a Doña Wera ¿Cómo la conoció Don Berna?

-"… Ella fue algo así como mi premio de consolación José, tres años después de perder a mi adorada Chipila, como le decía, Ovidia me buscó, el problema es que ya traía dos bebés, uno de dos años y uno recién nacido. Ni siquiera se alcanzó a graduar cuando salió embarazada y tuvo que dejar la escuela, sus padres la mandaron a Cuernavaca con unos parientes para ocultar la deshonra, pero no escarmentó y allá se volvió a embarazar…"

-"… ¿Y por qué la aceptó con chiquillos Don Berna?..."

-"… ¿Recuerdas la muchacha que te mencioné que me gustaba pero que nunca me aceptó, pero aun así nunca me humilló? Pues era Ovidia, por eso la acepté…"

-"… ¿Entonces los hijos que venían a visitarle no son su hijos?..."

-"… Lamentablemente no José, y en la última visita solo me pidieron que les comprara un coche, y para mi esa fue la despedida. Ni siquiera mi apellido llevan…"

-"… No Don Berna, pues si está difícil la cosa con eso…"

-"… Pues por ese motivo es que vine a parar a Huimilpan, cada domingo iba a la cabecera municipal a ver si de pura casualidad veía a mi Chipila, pero nunca sucedió. Lo peor de todo esto muchacho, es que a estas alturas yo ya no puedo tener hijos y esa va a ser una tristeza que va a acompañarme hasta la tumba…"

-"… Ay Don Berna, pos si usté no se chivea le quero decir que usté siempre me ha tratao bien, y yo hasta me preguntaba, asi, pa´mi solo verdá, que si así sería cuando a uno lo regaña un apá, o cuando usté fue güena gente conmigo me decía si así se sentiría tener apá… ya me hice bolas, ya me chivié… Usté dispense…"

-"… Créeme José, que te entiendo, si alguna vez hubiera podido tener un hijo ,me habría gustado que fuera como tú, muchacho… derecho, honesto, íntegro… Tú que sin formación académica has ideado un negocio de ganado en tus corralitos y ahora la idea de las pacas… eso tiene mucho mérito José… nunca permitas que nadie te hagan menos, tú vales mucho como persona…"

-"… Gracias Don Berna…"

-"… Ya casi llegamos José, ten cuidado con los camiones, dale para la gasolinera de Malagón para llenar las garrafas. Y luego nos regresamos al Pueblito para almorzar algo en el mercadito.

José cada vez agarraba más habilidad con la camioneta, llenaron de gasolina las garrafas y el tanque y se fueron al Pueblito.

-"… Mira José, métete por esa callecita, vamos con Doña Vero. Bien, párate en la casita con pared de adobe… eso aquí está bien…"

-"… Si Don Berna…"

-"… Doña Vero, buenos Días… ¿Hoy no hizo tamales Doña Vero?..."

-"… ¿Cómo le va Don Bernabé? Hoy se acabaron temprano fíjese…"

-"… Qué barbaridad Doña Vero… oiga, ¿Cómo anda su marido de trabajo hoy?..."

-"… Pues verá, creo que hoy no tiene nada. ¿A poco va a querer que le vaya a tocar si usted ya ni hace fiestas?…"

-"… Pues a decir verdad si Doña Vero, dígale que comienza a tocar a las dos de la tarde en mi casa por favor, es un cumpleaños… ¿Quiere que le deje anticipo?…"

-"… No Don Bernabé, ya sabe que usted no necesita dejar anticipo. Yo le digo ahorita que regrese, fue a comprar petróleo para la estufa…"

-"… Gracias Doña Vero…vámonos José… Listo ya está la música…dale para allá para almorzar muchacho… "

Se pararon en la placita principal y había un puesto de comida que los fines de semana vendía tacos de barbacoa de res, y almorzaron sin prisas. José no podía creer lo que Don Bernabé estaba haciendo por él y su familia, pero se sentía feliz.

-"… Mira José, la importancia de madrugar, ya van a dar las ocho y no abre Pantaleón el de la mueblería, pero te aseguro que apenas den, él va a estar abriendo su puerta…"

Dicho y hecho, Pantaleón Reséndiz abrió sus puertas a las ocho en punto, horario además desusual por ser domingo, pero así era él.

-"… Pantaleón, buenos días hombre… que madrugador eres…"

-"… Señor del Rosillo, buenos días… pues imagínese que si me quedo en casa más rato me vuelvo loco entre mi mujer y mi suegra que desde que llegó a vivir con nosotros ya no se fue, pero cómo malluga los entusiasmos, así que mejor me vengo a trabajar… jajaja… ¿Qué le vamos a dar Señor del Rosillo?..."

-"… Ando en busca de una cama bonita, pero sobre todo muy duradera Pantaleón…"

-"… Pues mire Señor Del Rosillo, tengo estas que además de lo que necesita están muy bonitas, tan así que si mi mujer me tratara bien, le llevaría una para la casa. Pero no se lo merece señor del Rosillo, mientras mi suegra siga en casa la verdad no creo llevarle nada…"

-"... jajajaja... A qué Pantaleón tan vacilador, por eso te busca la gente hombre... se me está ocurriendo José, que mejor tu cama se la dejas a tus hijos y a tu mujer y a ti les voy a dar de regalo esa que está ahí bien bonita hasta con su zapatera y lamparita en la cabecera... ¿Cómo vez José? ¿Te agrada la idea?..."

-"... Híjole Don Berna, esa hasta parece de gente rica..."

-"... Se la merecen muchacho, y si tú dices que no, tu mujer si, pues ha sido una lindura al mandarme de almorzar sin pedir nada a cambio..."

-"... Muchas gracias Don Berna..."

-"... Pantaleón, súbeme a la camioneta esa cama con el mejor colchón que tengas y ese roperito con luna también se me hace bonito..."

-"... Muy bien Señor del Rosillo, pero ni el precio me ha preguntado..."

-"... Mira Pantaleón, tú me tratas mal a la hora de los centavos y sabes que no regreso... yo confío en ti hombre..."

-"... Ya me conoce Señor del Rosillo, yo soy bien legal, es más, le voy a incluir en el paquete un juego de sábanas y fundas para esa cama nueva..."

-"... Gracias Pantaleón... por eso vengo contigo cada vez que necesito algo..."

-"...Y toda la gente a quien usted me ha mandado de Nopales Señor del Rosillo... Gracias a usted..."

Les cargaron la camioneta y José manejaba en silencio llorando, tratando de que Don Bernabé no se diera cuenta, pero si se daba... Don Bernabé había suavizado su carácter amargado de años y se sentía extrañamente reconfortado al apoyar a este hombre y su familia. No sabía por qué... pero se sentía bien.

-"… Párate ahí José, vamos a comprar el pastel…"

José sabía que su mamá le llevaría un pastelito a Isabel, pero no sería suficiente para todos los invitados, y además no se atrevía a contradecir ya a Don Bernabé. Después de comprar el pastel, que Don Bernabé llevaba en las piernas, prosiguieron con su camino hacia Nopales.

El resto del camino no hablaron mucho, ya no había mucho que hablar. José ocasionalmente veía de reojo a Don Berna y suspiraba complacido de trabajar para un señor tan generoso.

Entraron a Nopales, pero no se detuvieron en casa de José, llegaron a casa de Don Bernabé y le dio una lona para cubrir los muebles de la camioneta para no arruinar la sorpresa a Isabel. En eso estaban cuando llegó Doña Tere con sus hijas y las cazuelas de arroz y mole, y tres cubetas con piezas de pollo cocidas. También llegó Ángel, que venía de los corrales y que ese día descansaba, pero Don Bernabé lo citó para que atendiera temprano a los animales y ayudara en la reunión. Después de un rato, ya con mesas montadas y bancas de madera en cada una y sillas en las que alcanzaron, comenzó a llegar la gente.

El grupo llegó y después de saludar a Don Bernabé montaron su equipo y empezaron a amenizar.

-"… José ya vete por tu mujer, ten éste paquete, es tu regalo para tu esposa, me lo acaba de traer Maruca, se lo encargué ayer, a ver si le queda…"

José estaba mudo una vez más, Don Bernabé lo volvió a sorprender.

."… Pero patrón, ya es mucho abusar de usté si acepto todo señor…"

-"… Nada nada muchacho, ve por tu familia que esto ya empezó y la festejada ni sus luces…"

-"… Gracias Don Berna… horita vuelvo…"

A la salida se encontró a sus suegros que iban llegando en su mula. Se bajó a recibirlos y estrechar con gusto sus manos.

-"… Güenas tardes… pásenle, ire, la mula amárrela en ese arbolito y pásenle a sentarse, yo horita vengo… voy por Chabela…"

-"… Ta güeno José… ve con Dios…"

José llegó a su casa por su mujer, ella ya lo esperaba bañada y con los chamacos arreglados.

-"… ¿Ya vienes por mi José?..."

-"… Diantre de vieja… ¿Cómo sabes?..."

-"… Yo sabía que ibas a venir por mí en cuanto regresaras de tu vuelta con Don Berna…"

-"… ¿Cómo supiste?..."

-"… Ya sabes que no te puedo mentir José… La Maruca me preguntó ayer en el molino qué talla era de ropa y zapatos y pos yo pensé que me ibas a llevar con ella pa´ comprarme algo por mi cumpliaños y le dije… ¿Metí la pata viejo?…"

-"… No vieja, no metiste la pata… Ámonos que nos tan esperando…"

-"…¿Quién José?..."

-"… A onde te voy a llevar horita con los niños, tu no preguntes, y hablando de La Maruca, ponte esos trapos que te traigo en esta bolsa naila…"

-"… ¡¡¡Chulo mi viejo, hasta zapatos me compró.!!! ¡Ay José tan re bonitos!..."

Chabela parecía una estampa de flocklore rural mexicano: se puso las arracadas que le regaló su mamá cuando se casó y un poco de polvo colorete en los cachetes la hacían lucir particularmente bonita. El vestido y los zapatos le quedaban perfectos y ya sólo le faltaba el rebozo nuevo que tanto anhelaba. Creyó que a eso la llevaría.

-"… Oye viejo ¿Qué tanto trais en la camioneta que viene re cargada y hasta enlonada la trais?..."

-"… No preguntes mujer, asuntos de hombres…"

-"…Ah ta güeno José.."

-"… Apáaa, ora no vamos a poder irnos atrás Pedrito y yoooo…"

-"… No María, súbanse con tu madre acá adelante ¿Dónde está tu hermano?..."

-".. Acá toy apáaaa… yo si me pude subir y la taruga de María no…"

-"… Diantre de chamaco ¿Si cupites? No te vaigas a caer, ahí vete…"

Enfilaron a la casa de Don Bernabé muy contentos sin saber lo que se avecinaba. Llegaron ante la cara de sorpresa y gusto de la inocente Isabel.

-"… Ay José, nos invitó el patrón a una fiesta y no me querías dicir… eres re malo José…"

Don Bernabé acudió a recibirlos y ya había algunos invitados del viejo y otros conocidos de la pareja aparte de los padres de Isabel. Todos fueron a recibirlos a la camioneta.

-"… ¿Y ora José? ¿Qué hicites que se nos quedan viendo así?..."

-"… Pos mira Isabel… Don Bernabé te quere decir algo…"

-"… Pues verás Isabel… me enteré que era tu cumpleaños y me tomé el atrevimiento, apoyado por tu marido, de organizarte una pequeña fiestecita que esperamos sea de tu agrado. Hemos invitado sólo a gente muy cercana a nosotros para que te sientas a gusto… Pero Isabel ¿Porqué lloras?..."

-"… Ay Patrón! Es que… es que nunca naiden me había festejado así de bonito con mesas y conjunto… es que meda harto sentimiento…"

-"… Isabel, tu me has mandado un almuerzo digno de los más suertudos paladares en toda la región y no me has querido cobrar ni un solo peso… hoy me toca corresponder a mi… espero que te guste, trajimos un pastelito y hay un mole delicioso que hizo Doña Tere…"

Sonaron Las Mañanitas con el grupito norteño y el ambiente se puso bueno, todo mundo la felicitó, en ese momento llegó Herminia, su suegra, con su cabecita cubierta de canas y media cara tapada con su rebozo, llevaba un pastelito de chocolate, mismo que puso en la mesa que les asignaron a Isabel, José, sus suegros y Don Bernabé quien seguía platicando con dos de sus invitados junto a la pileta de los corrales. También estaba Doña Yola y Servanda con sus chiquillos. María y Pedrito corrían con otros niños que asistieron y fueron a ver a los borregos. José sentó a su madre junto a él, pero ella se levantó a ayudar a servir.

Don Bernabé fue a sentarse muy sonriente y le preguntó a Isabel, quien ya se había repuesto un poquito de la impresión y se veía radiante… feliz.

-"… Cómo ves la sorpresita Isabel, ¿Si te gustó hija?..."

-"… Ay patrón, no se hubiera molestado… Muchas gracias, siempre he dicho que es usté re güena gente…"

De pronto Don Bernabé se puso nostálgico, como ido, fijó su mirada en el sencillo pastel que estaba justo frente a él.

-"… ¿Que tiene patrón? Don Berna, ¿Tá bien?..."

-"... Si muchacha, disculpa, solo me trajo recuerdos de mi juventud este pastel. Así los hacía mi Tía, a la que nunca perdoné... Sólo fue un triste recuerdo..."

-"... No pos Pa´ que no se quede con su recuerdo triste tenga pa´ que lo pruebe y endulce ese recuerdo Don Berna..."

-"... Gracia Isabel... No puede ser, es chocolate con anis, es una combinación que normalmente no se hace, y es por lo que a mi tía la buscaban mucho, por sus pasteles caseros, su receta era única... Isabel, ¿De dónde sacaste este pastel?..."

La cara de Don Bernabé estaba irreconocible, esa expresión nadie se la había visto... Isabel creyó que Don Bernabé se había enojado y muy apenada le respondió.

-"... Perdón patrón, no se enoje, horita le sirvo de ese otro que tá ahí..."

-"... No mujer, no estoy enojado, estoy demasiado sorprendido, me acabas de trasportar a los años de mi niñez y mi juventud... ¿A dónde lo mandaste hacer Chabelita?

Herminia iba pasando con dos platos de arroz con mole para otros invitados y alcanzó a escuchar la pregunta de Don Bernabé.

-"... Yo se lo hice señor, dispense si no le gustó, a mí me enseñó a hacerlo una patrona que tuve...

No había terminado de hablar cuando Don Bernabé se fue para atrás en shock, José asustado se levantó a ayudarlo y muy desconcertado le preguntó que qué tenía.

-"... Don Berna, ¿Qué tiene patrón? ¿Está usté bien?..."

-"... E... E...Ella..."

La señalaba como si hubiera visto a un fantasma, y en cierta forma para él lo era.

-"... Mi madre Don Berna, dispense por no presentarlos pero es que cuando ella llegó usté estaba platicando y como no sabe quedarse quieta se puso a ayudar a servir..."

Herminia se fue acercando desconcertada tratando de reconocer a Don Bernabé, quien seguía en el suelo con una mano en el pecho y con el rostro pálido y sudoroso.

-"... Chipila..."

-"... Fe... Fer...¿Fernando?..."

-"... Si chiquilla, Fernando Bernabé del Rosillo Suárez... el mismo.... Tantos años buscándote y estabas donde menos imaginé, en el mismo pueblo al que llegué a vivir... No lo puedo creer..."

-"... Mírate, como has cambiado... Pues cuándo te iba a relacionar si nunca supe que te llamabas Bernabé y menos tus apellidos si tu Tía era Patricia Hernández Suárez... Tanto que me ha hablado José de su querido patrón y nunca siquiera pasó por mi mente que pudieras ser tu... ¡Ay Dios bendito!..."

Nadie de los presentes se imaginaba lo que estaba pasando, pero José lloraba tratando de encontrar respuestas dentro de él mismo. Su corazón latía como nunca y miraba aquella escena, lleno de sentimientos encontrados.

-"... Chipila, ya nunca llegaste a la cita... te me desapareciste... Te busqué por todos lados y lo único que supe fue que eras de Huimilpan y mira, tantos años viviendo en el mismo pueblo y nunca te ví..."

-"... Tu Tía me encerró en un cuarto para que no saliera ese día porque tu prima le dijo que andaba contigo, al día siguiente me corrió y como yo no conocía a nadie me regresé a mi casa de dónde casi no he salido por la chismería que se armó desde que llegué embarazada, José, el empleado que te ha servido por tantos años y a quien has tratado tan bien, este muchachote que tanto te quiere es tu hijo… jamás volví a estar con otro hombre en mi vida para honrar el recuerdo tan bonito que tenía de ti… y si, ese pastel es la receta de tu tía, aprendí bien a hacerlos porque a mí es a la que ponía a prepararlos los tres meses que estuve trabajando para ella… Ay Fernando, cuanta falta me hicites… Tu si te casates, recuerdo llegates aquí con mujer según decían…"

-"… En realidad casado nunca estuve, acepté por soledad y resignación a una vieja amiga que traía dos hijos chiquitos y los crié, ya de grandes me dieron la espalda y se llevaron a su madre a Cuernavaca donde murió poco después… Ay Chipila, nunca te olvidé…

-"… ¿Y ahí te piensas quedar echadote? Levántate y abraza a tu hijo, ¿Que no ves que tá engarrotao de la impresión?

Y efectivamente… José lloraba a moco tendido mientras no atinaba a hacer nada… varios de los presentes lloraron con él. Ayudaron a levantar a Don Bernabé, quien abrazó a José sin poder contener el llanto, juntos lloraron abrazados por un buen rato.

-"… ¿Antons mi patrón es mi apá? Amá, dígame que no toy soñando, dígame que no me tan vacilando amá. Usté sabe que siempre fue mi ilusión conocer a mi apá y yo no sé si ora que lo conozco le voy a dar vergüenza… patrón… digame si le doy vergüenza de saber que un ranchero ignorante es su hijo…Dígamelo patrón…"

-"… Nunca José, y jamás me vuelvas a decir patrón… por favor… llámame padre… nunca me avergonzaría de ti, si como empleado me sentía orgulloso de ti ahora con mayor razón… Eres mi hijo… El hijo que siempre soñé tener… Eres mi hijoooo… Sin saberlo tuve un hijo con la mujer que más amé en la vida… Chipila, criaste bien a nuestro hijo, hiciste de él un buen hombre, un gran ser humano.

La conmovedora escena había hecho que hasta los del grupo dejaran de tocar y dos de ellos lloraran emocionados. Al abrazo de Don Bernabé y José se sumaron Herminia y Chabela, los músicos soltaron una fanfarria y después el vals Sobre Las Olas que sabían que a Don Bernabé le encantaba. José se separó y agarró a Isabel pero antes le entregó la mano de su madre Herminia a su padre, Don Bernabé, para que bailara con ella.

-"... Hay algo que casi nadie sabe y a José no le gusta mucho mencionarlo, tiene otro nombre ¿Sabes cómo se llama tu hijo? José Fernando, pero estaba tan dolido que no tenía apá que nunca quiso usar el Fernando, sólo José..."

-"... Chipila no lo puedo creer... estoy soñando, de un momento a otro tengo un hijo, nuera, nietos... y a ti Chipila, nunca dejé de amarte..."

-"... Ni yo Fernando, ni yo... desde hace poco más de treinta y cinco años tás en mis rezos pa que Dios te cuide y te proteja, jamás te culpé de lo que pasó, tu Tía fue quen no me quiso en tu familia por ser una ranchera aprovechada me gritó, y al no tener ningún dato tuyo ni como buscarte, me ganó el sentimiento y el dolor y me regresé pa acá, jamás le hablé mal de ti al niño, él creció con buena figuración de ti, sabía que su apá se llamaba Fernando Suárez, por eso tampoco se imaginó que tu... pos naiden ¿Quén se lo iba a figurar? Naiden..."

Mientras tanto José bailaba con Isabel.

-"... ¿Porque lloras Chaparra?..."

-"... Por lo mismo que tu viejo... de emoción... ¿Quen siba a figurar que el patrón era tu apá?... Toy re feliz viejo... Don Berna es tu apá... es mi suegro... es el Agüelo de mis hijos... es el amor perdido de tu amáaa..."

-"... Ay Chabela, hasta me siento como si tuviera yo en un sueño y no quero despertar... capaz que mañana despierto y todo jué sólo un sueño y guelvo a ser el peón de siempre sin apá... ¡Ay! ¿Por qué me pellizcas Chaparra?..."

-"... Pá que veas que no es un sueño José, todo es de a deveras..."

-"… Amáaaa, dice Pedrito que ya quere comer, ¿Nos das un taco amáaa?..."

-"… Ay, con tanta lloradera ya ni me acordaba de mis niños… si María, lávale las manos y horita les sirvo…"

-"… Sigan bailando Patrona, horita les sirvo yo…"

-"… Ay Doña Tere, cómo será, ¿Por qué me dice patrona?..."

-"… Pos si José es hijo del patrón, ora es también patrón, y tú su mujer pos la patrona, y no lo digo de vacile, ora son ricos y eres la patrona Isabel, tú no te apures, horita atiendo a tus chiquillos…"

-"… Gracias Doña Tere, pero en serio, yo no soy patrona, sólo soy Chabela…"

Sus padres de Isabel, estaban a una distancia prudente como era su costumbre, siempre repetuosos. Miraban emocionados llorando igual que varios de los invitados. Isabel al darse cuenta les gritó.

-"… Amá, saque a bailar a mi apá porque si no lo saca usté él no se va animar, es re chiviao…"

En cuanto la música se detuvo Don Bernabé levantó la voz.

-"… Quiero hacer entrega de un par de sorpresas más, y no me vayan a salir con que la vida ya nos ha dado suficientes sorpresas por hoy… acérquense por favor…"

Todos formaron una rueda en torno a ellos y Don Bernabé mandó a Ángel a destapar la lona de la camioneta.

-"… Isabel, hija, querida nuera… Doy gracias a la vida por el enorme regalo que acabo de recibir el día de hoy, que fue posible gracias a que decidí organizarte tu cumpleaños, de lo contrario pude haber muerto y jamás enterarme que el amor de mi vida vivía en este lugar y que mi querido peón era en realidad mi hijo. Yo decidí compartir contigo y la vida me dio en recompensa el regalo más grande que jamás haya yo recibido. Hoy en la mañana madrugamos mi hijo José y yo para ir a comprarte tu regalo de cumpleaños, destápala Ángel, Hija; esa recámara y ese ropero son tu regalo de cumpleaños de tu marido y de mi… espero que te guste y lo disfrutes enormemente. Y a ti José, acércate hijo, ¿Recuerdas el sobrecito que le mandé a Leno aquella vez junto con su raya? Pues era un plano de ampliación de la bodega, le mandé que te hiciera una casita bien hecha de material para que tu familia y tu vivieran mejor… va a quedar arriba de la bodega en cuanto la terminen…"

Todos los presentes aplaudieron a Don Bernabé. Muchos en el pueblo tenían una imagen equivocada de él, pero hoy se aclaraban muchas dudas sobre Don Bernabé del Rosillo.

-"… ¿O sea que sin saber que yo no era más que un simple peón usté me iba a regalar una casita? Don Berna, Apá usté tiene un gran corazón, no de en valde mi amá siempre me habló puras cosas bonitas de usté. Muchas gracias…"

-"… Pues eso era antes hijo, ahora que sé que eres mi hijo te ofrezco si te quieres venir a vivir conmigo para disfrutar diario de la gritería de mis nietos que tu bien sabes les tengo mucho cariño desde siempre… todo lo que tengo es tuyo hijo…"

-"… No apá, sería yo muy aprovechao y eso no ta bien… déjeme en mi terrenito y a mis escuincles los puede tener diario aquí si quere, que lo acompañen y le lean algo de lo que aprende María en la escuela, si quere hasta se pueden quedar a dormir luego con usté apá… pero yo siento que no me merezco su casa porque no he hecho lo suficiente para merecerla…"

Don Bernabé se soltó a llorar y abrazó a Herminia.

-"… Cómo no voy a dar gracias al cielo Chipila si criaste re bien a mi muchacho, vélo tan respetuoso y nada aprovechado… y por sus valores juraría que es el más respetado y querido del pueblo… Todo lo que tengo es de él Chipila díselo, de él y tuyo mujer, de corazón…"

Herminia lo abrazó fuerte y luego lo apartó de su lado de manera firme.

-"… A ver Fernando, una cosa es que la mera verdá estamos todos muy felices por todo esto, pero de una vez te digo que José no va a aceptar regalos que no merezca, así que no me lo vaigas a echar a perder que trabajo me ha costao hacer un hombre hecho y derecho pa que tú le queras dar todo sin que se lo gane a como tá impuesto…"

-"… Tienes razón Chipila, te ofrezco una disculpa, si justo es lo que más admiré de él todo este tiempo que lo he conocido, su legalidad y que nunca ha tomado ni un peso que no fuera de él…"

Don Bernabé tomó del brazo a Herminia y se la llevó a caminar por los corrales de la finca. Se recargó en la pila y la miró fijamente, le descubrió su cabeza del rebozo gris que ella portaba y la miró con detalle, la besó en la frente y la abrazó tiernamente.

-"…Chipila… tanta felicidad no cabe en mi pecho…"

-"… ¿Aún te gusto Fernando? ¿Aunque sea un poquito?..."

-"… Mucho Chipila, igual que cuando nos conocimos… ¿Y yo a ti?..."

-"… Siempre soñaba contigo Fernando, soñaba que me buscabas, que venias por mí y nos íbamos a dar la güelta al mundo con nuestro hijo… jamás dejé de quererte, cada uno de todos éstos días tuve la esperanza de volver a saber de ti y que volaríamos agarrarnos de la mano… pero míranos, ya tamos viejos, ya hasta somos agüelos… Ya no tenemos tiempo…"

-"… Chipila… Cásate conmigo…"

-"… Que cosas dices Fernando…"

-"… ¿Que planes tienes para tu vida Chipila?... Cásate conmigo… prometo hacerte feliz… prometo consagrarme a ti… a vivir para ti y a recuperar los años perdidos… Desde hoy mi vida toma sentido…"

-"… Si Fernando, fuiste el único hombre en mi vida, el padre de mi hijo y al único al que le diría que si… Si me caso…"

Don Bernabé sintió completa su felicidad, la miró fijamente le sonrió y le dio un tierno beso en la boca que ella correspondió tímidamente con mesura y timidez.

-"… Te amo Chipila, siempre te amé, a través del tiempo y la distancia siempre te amé, a través de los recuerdos y la esperanza, siempre te amé…"

-"… Y yo a ti Fernando… Y yo a ti…"

La fiesta se prolongó hasta pasada la media noche, el patio de la finca estaba siempre muy bien iluminado, así que no batallaron de luz.

El Turrubiates

Era casi la una de la mañana cuando llegaron a su chocita José y su familia. Ángel los acompañaba para ayudarles a bajar los muebles de la camioneta.

-"… A canijo, ta raro… por la tarde amarré al Zopilote Pá´que no me siguiera y se me olvidó soltarlo… pero no lo veo amarrao al árbol… ¡Zopiloteeee! ¡Zopiloteeee! Quen sabe onté el canijo perro… a de andar persiguiendo conejos…"

-"… Ya desamarré la lona Don José y quité las redilas de atrás…"

-"… Ta güeno ángel, amos a bajar eso pa´ que ya se acuesten estas criaturas que vienen doblaos de sueño, jajaja…"

Acomodaron lo muebles nuevos dentro de la chocita y rápidamente Isabel estrenó las sábanas que le incluyeron en la compra a Don Bernabé. Acostó a sus hijos en la cama que era de ella y la nueva la preparó para dormir con José, cada que pasaba frente al espejo del nuevo ropero se miraba complacida pues se veía radiante a pesar de la hora que era.

-"… Orita vengo mujer, voy a llevar a Ángel a su casa, ya han de tar preocupaos por el…"

-"… Si viejo, oye, yo como que oigo algo raro, ¿No tará herido un borrego? A ver si no nos ganó un coyote con uno de los animales viejo…"

-"… O a ver si no se le puso de apuro el parto a la negra que paría esta semana, luego cuando no pueden parir se quejan mucho hasta que se mueren… deja ver… vénte Ángel, alúzame con una vela…"

Fueron a ver a los corrales y con forme se iban acercando se iba escuchando más claro un quejido. Cuál no sería su sorpresa al asomarse al primer corralito de piedra que vieron a sus borregas replegadas en una esquina y en otra esquina estaba un bulto tirado y el zopilote lo tenía mordido de una pierna; era un hombre joven herido que de cuando en vez recibía un embiste del borrego bravo, quien, por alguna razón no embestía al perro como si supiera que el animal los protegía.

-"...¡Virgen Santa! Míra lo que vino a caer en mi corral, ¡Una ratota! Bien Zopilote, te ganaste un premio, suéltalo...Ángel espántame al borrego pa sacar a éste prójimo..."

-"... Si Don José, yo se lo espanto, jálelo con confianza..."

Como pudo José sacó del corral al infortunado ladrón, quien, mordido de varios lados y golpeado por el borrego, parecía desmayado. Lo acostó en la tierra y le encargo a su mujer.

-"... Vieja, tráeme el alcohol pa despertar a éste ratero, y le trais unas gordas con manteca al Zopilote..."

-"... Si viejo, ten el alcohol..."

Apenas se dio la vuelta José para recibir el alcohol cuando el ladrón se incorporó y emprendió la desesperada huida en dirección a las parcelas, iba todo herido por las mordidas y los topes del borrego bravo y muy lastimado de un tobillo por lo que no alcanzó a ir muy lejos antes de que El Zopilote le diera alcance y lo derribara nuevamente.

-"... Bien Zopilote... ya lo reconocí, es Turrubiates, el de Melitón García..."

-"... Perdóname José, no lo güelvo a hacer..."

-"... ¿Tu oyes algo Ángel?..."

-"... No Don José, sólo se escucha como que chilla una rata..."

José levantó al Turrubiates, quien apenas rondaba los veinte años, y lo llevó cerca del lavadero de laja donde había un tocón de un árbol cortado que Isabel siempre usaba como mesita para su tina de trastes o ropa...

-"… ¡Vieja, tráeme mi guaparra!..."

Al escuchar eso los ojos del Turrubiates se desorbitaron imaginando el espantoso final que le esperaba si José lo decapitaba en ese tronco con su machete.

-"… Ten viejo, yo te obedezco porque eres mi viejo pero yo te pido, no vaigas a hacer lo que toy pensando… ¿Luego que vamos a hacer? Yo digo que así le dejes, luego vas a andar batallando como la vez pasada que te enmuinates y ay andas usando tu guaparra a lo loco, después la que batalla con todo tirao soy yo y no se vale, tu como quera te vas y ahí me dejas con el tiradero…"

Al escuchar esto El Turrubiates se estremeció y suplicó por su vida.

-"… No te comprometas José, no valgo la pena, te juro que no lo guelvo a hacer… mira, por la virgencita chula te lo juro…"

Su cara se puso pálida cuando José lo puso junto al tocón, hincado y le pidió poner las manos atrás al tiempo que levantó su machete por todo lo alto.

Se escuchó un golpe seco en el mezquite donde terminaba el tendedero y el lazo de ixtle calló, José repitió el corte a una distancia como de un metro y separó un trozo de cuerda con el que ató por la espalda las manos del Turrubiates, quien sintió que volvía a nacer al saber que no lo decapitarían esa noche.

-"…Ay viejo, siempre si me tirates mi ropa, no te digo, puro reguero me dejas cada que te enojas y ocupas mi tendedero…"

-"… Turrubiates García, te voy a llevar con el Delegao pa´ que te guarden por todos los borregos que se han perdido en el pueblo…"

-"… Si José, dispénsame por todo, te juro que me voy del pueblo, gracias por no matarme…"

-"… Qué tarugadas dices Turrubiates, yo no soy asesino, ni ladrón, ni mal cristiano… que la ley te juzgue…"

Echaron al Turrubiates atrás de la camioneta y se fueron José y Ángel a casa del Delegado.

-"… ¡Pablooo!¡Pablooo! ¡Delegao! ¡Güenas noches!..."

-"… ¿Quén es? Güenas noches…. Voy, orita salgo…"

Pablo García era hermano de Melitón García, padre del Turrubiates y por lo tanto tío de este último.

-"… Pos verás Pablo, acabo de agarrar a éste muchacho dentro de mis corrales y como sabrás se han estao desapareciendo animales de casi todos los corrales del pueblo, yo lo he traído, que si lo agarran otros quen sabe cómo le vaiga. Tu dirás cómo le hacemos pa´ que haga yo mi demanda como Dios manda…"

-"… Munchas gracias José, yo de verdá te agradezco que respetes las leyes y no cometas una imprudencia que ensucie a nuestro pueblo más de lo que éstos jóvenes lo tan haciendo… y ¡Quén es el mal nacido?..."

-"… Pos ven pa´ que lo veas… estoy seguro que hasta lo conoces…"

-"… Los ojos de Pablo se llenaron de ira incontrolable y sacó su cuarta que llevaba siempre fajada al cinturón. La cara del Turrubiates reflejaba más miedo que unos momentos antes ante José… conocía perfectamente la severidad de su tío y el pánico se apoderó de él.

-"… O sea que si juites tú móndrigo, te lo advertí, que si llegaba a darme cuenta que eras tú el abigeo te iba a ir mal desgraciado, mal parido, infeliz… La Ley pena eso con fusilamiento, estás muerto Turrubiates…"

Hasta José sintió miedo al ver lo que se le avecinaba al Turrubiates, quien trató de pedir perdón, pero no alcanzó a salir ni la primera letra cuando ya tenía un cuartazo en la cara que le volteó toda la cabeza de lado mientras gritaba con un dolor indescriptible.

-"... No sólo deshonras a tu padre, tan trabajador que es y tan respetuoso de las leyes... muchacho desgraciado... Deshonras a todos los García, perro infeliz..."

Cada regaño iba acompañado de un cuartazo donde le cayera, la sangre ya escurría por todo el rostro y espalda del Turrubiates quien pedía perdón ya con balbuceos. Pablo sacó un revólver 38 especial que traía fajado en la cintura y le preguntó a José...

-"... José, necesito que me digas la verdá ¿Vas a denunciar a mi sobrino pa´ ir a guardarlo a la celda de la Delegación. O dime por favor que no, y yo le ahorro trámites al gobierno y me lo echo horita mesmo por mal parido y desgraciao ratero...Toy muy enmuinao José, no pudo tolerar que un García sea un vil ratero... y si mi hermano no supo educar a su hijo yo me encargo de su basura..."

El Turrubiates estaba arrodillado con las manos amarradas por la espalda como lo dejó José... todo conmocionado apenas podía respirar entre tanta sangre de su rostro y el dolor que le causaban las fuertes heridas que le había infligido la cuarta. Apenas podía balbucear.

-"... T...Tío... Tío, yo no lo güelvo a hacer... dispénseme Tío... José, dile que no me mate, yo ya te pedí perdón... no dejes que me mate..."

-"... ¿Cuál es la manera más formal de hacer las cosas Pablo, pa´ que no tengas la necesidá de hacer una barbaridá?..."

-"... Pos verás José, o me lo hecho yo o el gobierno lo afusila pero de que tá muerto tá muerto... Aquí el problema es que si lo afusila el gobierno el escándalo por el apellido me afecta a mí y hasta la delegación me quitan. Por eso te digo, yo me lo hecho y lo reporto como muerto en riña..."

-"… ¿Y si yo decido darle otra oportunidá Pablo? ¿Si me lo llevo y le doy trabajo si promete ya portarse bien?…"

-"… José, tu eres un pelao muy derecho, llévatelo antes de que lo bañe de plomo por manchar el apellido de mi familia… y que te quede bien claro perro infeliz, nunca te vuelvas a acercar a nosotros o no tendré compasión de ti…"

José lo levantó y le quitó los amarres de las muñecas, le habló a Ángel quien aterrado estaba escondido tras la camioneta y le pidió la franela para que El Turrubiates se secara las heridas.

-"… Gracias por no dejar que mi tío me matara José, te debo la vida. Sé que no merezco tu perdón porque no he sido un buen pelao, pero te voy a pagar este favor. De verdá voy a cambiar y si tú me ayudas verás que puedo ayudarte mucho…"

-"… Pierde cuidao Turrubiates, esto ha sido muy duro pa´ todos y ya mañana será otro día, de a ver sabido como se iba a poner Pablo ni te llevo con él…"

Se fueron para su choza después de pasar a dejar a Ángel a su casa. Le tendió unas cobijas sobre unos cartones y le contó a su mujer lo ocurrido.

Nadie imaginaría que desde ese día EL Turrubiates sería como un perro fiel para José por el resto de su vida.

El Día que Los Abejones volvieron

Había pasado casi un año, cuando la temporada de lluvias regresó. Huimilpan, húmedo como siempre por su condición geográfica y su tierra, lucía una vegetación exuberante en muchos puntos con imágenes dignas de una postal.

José surtía la bodega de la forrajera con ayuda de su inseparable y leal asistente Turrubiates para después pasar a comer a la casita nueva que por fin un mes antes habían estrenado. Isabel disfrutaba inmensamente de sus nuevas instalaciones de su amplia cocina al lado de un enorme comedor, en la segunda planta. Los niños también tenían su propia habitación, muy amplia y una sala de juegos y área de estudios para hacer sus tareas, ya que Pedrito había entrado a primero de primaria.

La chocita fue derrumbada y se construyeron en su lugar unos corrales bien hechos de herrería, donde además tenía compra-venta de ganado. Estaba todo el terreno circulado para evitar situaciones desagradables y El Zopilote se paseaba jugando con cuatro dóberman jóvenes hijos de los de la finca de Don Bernabé.

Por su parte Don Bernabé y Herminia se casaron y vivían juntos en la finca grande, donde se reunían cada domingo para hacer comida familiar. Cada sábado se iban a pasear a la ciudad de Querétaro o a Celaya, Guanajuato y hacían compras para compartir con el resto de la familia. A José le fue tan bien con la forrajera que le compró de contado un Datsun del año automático a su padre para que paseara con su mamá. También compró una camioneta Dina roja de tres toneladas y redilas tipo ganaderas altas para mover una mayor cantidad de mercancías. Él estaba seguro que con esa camioneta de Diesel movería más peso sin tantos contratiempos. Compró un remolque que llenaba de pacas hasta el tope y llegó a venderlo completo varias veces. Lo que le representaba unas ganancias incuantificables.

El negocio resultó todo un éxito, ya que también compraba y vendía maíz por tonelada, por lo que tuvo que construir dos bodegas más al lado de la principal. Lo que hacía que sus padres se sintieran muy orgullosos de él.

La familia del Turrubiates ya lo habían perdonado al ver que éste se reformó. José lo apoyó para que le pusiera una tiendita a su madre para que tuviera un ingreso constante, ya que tres meses antes su padre, Don Melitón García, falleció de congestión etílica y su madre quedó desprotegida, pero igual no quería depender de su hijo. Él quedó con cicatrices de por vida en la cara, espalda y pecho, por los cuartazos, pero no le importaba, se sentía útil y eso lo hacía feliz.

Pablo fue procesado y encarcelado con una condena de treinta y dos años por balacear y matar a un joven en un juego de futbol en un pueblo vecino.

José trabajaba desde antes de que amaneciera y dejaba de hacerlo después de que anochecía, el éxito no era casualidad para él. Ocasionalmente seguía pasando por su refresquito con Doña Yola, quien seguía suspirando al imaginar lo que habría sido de su hija si José se hubiera fijado en ella... Antonio jamás regresaría de los Estados Unidos.

Don Luis Lechuzo le vendió su parcela a José, al igual que Ramiro, El Flaco, donde José aprendió a manejar. Ahí sembró un pasto forrajero experimental que le respondió muy bien al clima y le representó grandes ganancias también. Pronto compró un par de tractores con sus implementos que le facilitarían mucho las cosas en el negocio. Así pudo darle trabajo a varios hombres del pueblo, quienes lo apreciaban por generoso.

Don Felipe le vendió su tienda porque se lo llevó su hija para los Estados Unidos. Ahora la hermana de Isabel, Ana, trabajaba atendiéndola y haciéndola prosperar cada día más, pues la chamaca, al igual que Isabel tenía un gran carisma y don de gente.

Para ese nuevo ciclo escolar llegó un profesor como director de la escuelita del pueblo, El Profesor Manuelito, quien al conocer a José y verlo tan exitoso se ofreció a instruirlo de manera gratuita, motivado por su singular manera de ser. José asimiló a tal grado la instrucción que con los años logró cierto nivel de cultura impensable bajo otras circunstancias.

Isabel seguía madrugando al molino. Hacía sus tortillas.

Estaba tan acostumbrada a su fogón que, aunque era la segunda casa del pueblo en tener estufa de gas, después de Don Bernabé, seguía teniendo su espacio tradicional de leña en un anexo a su cocina. Era realmente feliz, sus animalitos habían sido reordenados en una especie de granjita y ya no se las robaban los tlacuaches ni el cacomixtle. Ahora además de gallinas y borregos tenía patos, conejos, codornices, cerditos, tres vacas y dos caballos.

Rubén le seguía llevando ocasionalmente dos litros de pulque que ya nunca les cobró y con eso Isabel hacía pan en un horno mejorado que tenía en su patio de la segunda planta. El pulque se lo compensaba con cinco piezas de pan tradicional del mismo que ella hacía, y se los mandaba con Turrubiates al día siguiente, quien después de entregar el pan se iba a tomar un refresco a la tienda donde cortejaba a Ana y se iba feliz cuando ella permitía que le tomara una mano y le diera un beso en la misma. Eventualmente se casarían y tendrían una bonita familia auspiciados por José.

Un buen día le fueron a ofrecer a José un molino y una máquina de pelets, por parte de unos fabricantes de maquinaria del Estado de México. Con lo que comenzaría un nuevo negocio que sería el primero de su tipo en la región. Así daría trabajo a más de veinte personas del pueblo en lo que sería Alimentos Ganaderos Procesados del Bajío, ya que su expendio sería en una bodega del mercado de abastos de la Ciudad de Celaya, Gto. Lo que representaría otro éxito para José que su padre celebraría con lágrimas y orgullo. José, cada vez más instruido hasta para hablar llegó a ser un prominente hombre de negocios en varios rubros. Fue benefactor de muchas familias y apoyó a superarse con pie de cría y forrajes para sustentarlos mientras el rebaño empezaba a dar resultados. Siempre con gran personalidad y una humildad a toda prueba. De pronto se le podía ver con un puro en la mano, pero pocos recordaban haberlo visto encendido alguna vez, al igual que su padre.

Don Fernando Bernabé del Rosillo Suárez vivó casi veinte años más, rodeado de sus nietos y viendo progresar a su hijo. Fue muy feliz hasta su muerte, que ocurrió de manera pacífica, amaneció dormido en su cama, sin sufrir. Fue muy homenajeado por el pueblo y su familia lo despidió respetuosamente. Herminia lo acompañaría dos años después de la misma forma.

Hoy José, a los 75 años, exitoso y respetado hombre de negocios con una enorme fortuna, recuerda su vida de manera satisfactoria rodeado de sus hijos, sus nietos y sus incondicionales colaboradores de siempre como Ángel y el noble Turrubiates quien no para de llorar. Postrado en la cama del Hospital más caro de la Ciudad de Querétaro víctima de cáncer en la próstata, Isabel, sentada en la cama a su lado trata de reconfortarlo. Ella con su cabeza cubierta de canas y sus manos esbeltas y con claras huellas de la edad, lo besa llorando en silencio y le agradece por tanta felicidad que le dio en su vida. Lo abraza y José expira en ese abrazo de amor, se va feliz, sus hijos lloran… ella más…

Chabela es abrazada por Pedro y María mientras lloran… Se pueden escuchar unos golpecitos en los vidrios de los enormes ventanales del edificio que dan a la calle, unos insectos se estrellan una y otra vez buscando la luz en su incomprendido y errático vuelo. María, con cincuenta y cinco años a cuestas pregunta a su mamá:

"… Que serán esos bichos?…"

"… Abejones hija, abejones de mayo…"

Le contestó.

Made in the USA
Las Vegas, NV
21 September 2023